目次

第一部

七月も終わりに近い、よく晴れた日だった。

まるで村全体が蒸し風呂の中に放り込まれたようだったと、村人は口をそろえて言う。南の海から急速に近づきつつある大型の台風が、日本海上空付近に停滞していた雨雲を刺激して記録的な大雨になる可能性があると、気象庁は各種の警報を発令し、テレビやラジオでもさかんに注意を促していた。

乙霧村も、朝のうちこそ青いペンキを塗りたくったような晴天だったが、夕刻が近づくにつれ、灰色の雲が広がりはじめた。

午後六時にあと十分ほどという時刻、いまだに熱を持った風が稲穂を揺らす中、二時間に一本しかない巡回バスの、それもこの日の最終便からひとりの男が降り立った。

彼の名は戸川稔、当時三十二歳、のちに「松浦一家惨殺事件」あるいは「乙霧村の五人殺し」として世間を震撼させる事件の犯人である。

身長百八十センチを超える偉丈夫、熊を連想させるごつい顔つきに無精髭、くたびれたポロシャツから伸びる筋肉質の腕には大粒の汗が浮き、山の端にかかった西日を反射していた。

　この姿を、少なくとも七人の村人が目撃している。そしてその全員が、彼が戸川稔であることに気づき、うちふたりが声をかけた。

「戸川さんとこの稔だな。いつ戻った？」

　しかし稔は返事をするどころか一瞥（いちべつ）することもなく、視線を正面に据えて歩いて行く。まるで、これから果たし合いに行く侍のようだった。そう証言した者もいる。

　稔は迷うようすもなく、路傍にオトギリソウが咲く田舎道を進み、やがてそれが行き止まりになると、そのまま深い森、そして山間（やまあい）へと続く林道へ入って行った。


　ほどなく稔は、まるで隠れ里のような集落の、もっとも奥まった屋敷の戸口に立った。力強い墨文字で《松浦》と書かれた表札が掛かっている。この家こそが、かつてこの地域を治めた松浦一族の末裔（まつえい）が住む屋敷だ。

　稔は、玄関口で声を張り上げた。

「貴一郎（きいちろう）はいるか。民子（たみこ）の息子、稔が来たぞ」

　このとき、松浦家には五人がいた。

　まず世帯主の松浦貴一郎（当時七十三歳）、その妻菊代（きくよ）（同六十五歳）、この夫婦の息子の妻である聡子（さとこ）（同三十九歳）、孫の綾乃（あやの）（同十四歳、中学三年生）、同じく英一（えいいち）（同十二歳、小学六年生）だ。貴一郎夫妻の息子、隆敏（たかとし）（同四十歳）は、久しぶりに会う知人を村の中心地区までたずねており、留守だった。

貴一郎は旧陸軍士官学校を卒業後、少尉として大陸に赴いている。終戦後は戦犯として一時期収容されたが、のちに釈放された。

貴一郎の息子の隆敏は警察官で、ノンキャリアではあったが、この事件の二年前、三十代で警部に昇進している。たたき上げ組としては順調な昇任で、そう遠くない将来に、中規模署の署長ぐらいにはなるだろうと、上司や同僚のあいだでは見られていた。

軍人、警察幹部という、ある類型的な流れを見るのは短絡的過ぎるだろうか。

それはともかく、稔の来訪に応じたのは、貴一郎の妻、菊代だった。

このとき貴一郎は、三和土(たたき)から上がってすぐの板の間にあぐらをかき、火の気のない囲炉裏でいぶし沢庵(たくあん)を肴(さかな)に酒を飲んでいた。晩酌は貴一郎の欠かせない日課である。

予想もしなかった人物の訪問に、当初貴一郎は別の知人かと聞き違え、菊代に出るよう命じた。貴一郎は二年ほど前から耳が遠くなり、とくに人の声が聞き取りづらくなっていた。

一方の菊代は、声を聞いてすぐに誰だかわかったようだ。貴一郎からは見えないようにと、わざわざ縁側を回って出たことからも、その心中がうかがえる。

「なんでしょうか」

頭ふたつぶんほども背の高い稔のシルエットを仰ぎながら、菊代は声をかけた。ほんの少し前まで抜けるように青かった空に黒雲が広がり、日が山の向こうへ隠れたこともあって、あたりはすっかり薄暗くなっていた。

「貴一郎に話がある」

稔は声高に言い放った。家の中にいるはずの当人に聞こえるように。

「きょうは息子一家が来ているので、帰ってください。日を改めてもらえんでしょうか」

奥を気にしながら、おどおどと答えた菊代のほおに、ぽつりと雨粒があたった。

稔は、菊代のことばには耳を貸さず、菊代を押しのけ、力任せに戸を引き開けた。

ここに至って、貴一郎もようやく来訪者が稔であることを知った。

稔は広めの三和土に立ち、板の間で酒を飲む貴一郎を睨みつけた。

子どもたちは板の間に隣接した客間でテレビを見ており、嫁の聡子はガラス戸を隔てた台所で夕飯の支度中だった。

「何しに来た」

立ち上がった貴一郎は、いくらか酔いが回ってはいたが、しっかりとした声で怒鳴りつけた。

稔は、「自分のこんにちの不遇はすべておまえのせいだ。おまえがおれの両親を酷使し、あるいは怪我で、あるいは病気で、死に至らしめた。我が家が破滅したのはおまえに責がある。きょうこそは、積年の恨みを晴らしに来た」そんな意味のことを叫び、靴を履いたまま板の間にあがった。

騒ぎを聞きつけて、台所から聡子が顔を出した。子どもたちは、いきなりはじまった怒鳴り合いに、すぐ隣の部屋でおびえていたことだろう。

いままさに、貴一郎につかみかかろうとする稔に、追ってきた菊代がすがりついた。

「後生ですから、きょうのところは帰ってください」

稔は菊代の手を振り払った。その勢いで菊代は飛ばされ、土間に転がり落ち、腰や脇腹をしたたか打ってうめき声をあげた。

「あなた、誰です」

そう叫んだ聡子は、自分の手に包丁が握られていることに気づいた。はじめから凶器として使うつもりではなかっただろう。たまたま料理の途中だったからだ。

歴史に〝もし〟はない、というが、このときすでに料理を終えていれば、あるいはまだとりかかる前であれば、あれほど悲惨な顛末（てんまつ）にはならなかったかもしれない。

聡子には、警察官の妻としての自負があったかもしれない。手にしていた包丁を固く握りしめ、切っ先を稔に向けた。

「すぐに出ていってください」

「おもしろい、刺すなら刺してみろ」

稔はそのまま聡子に寄っていく。聡子に相手を傷つける意思はなく、あくまで威嚇のつもりで包丁を振り回したはずだ。その切っ先が、みずからぐいと近づいた稔の胸に長さ六センチほどの傷を作った。派手に血は流れたが、深手ではない。

「やったな」

稔は聡子の手首をつかみ、あっさりと包丁を奪い取った。その後ろから貴一郎が飛びかかり、三つどもえのもみあいになった。間の悪いことに、ちょうどそこへ隆敏が帰って来た。

ちなみにこのとき隆敏は、白いカッパを着ていた。夕立が来そうだからと知人が貸してくれた物で、途中で本降りになりそうな気配だったため、着用していたようだ。

隆敏が叫ぶ。

「きさま、稔だな」

隆敏は稔と顔見知りであった。父親に似て気性の激しい一面もあり、警部に昇進して二年、中堅幹部として脂の乗りはじめた時期でもあり、狼藉(ろうぜき)者許さずの気概があっただろう。すぐさま板の間に飛び乗り、稔を後ろから羽交い締めにした。

「何しに来た」

三対一の立ち回りだが、それでもなお稔の地力が勝っていた。

稔が、まず正面に立つ貴一郎を足で蹴(け)り飛ばすと、貴一郎の体はあっけなく転がった。羽交い締めにしている隆敏の腕をはずし、聡子から奪った包丁を力任せに薙(な)ぎ払った。隆敏は反射的に身をかわしたが、そのすぐ脇で、夫に助太刀するため稔にすがりつこうとしていた聡子の首に、刃があたった。

聡子の白いきゃしゃな首はすっぱりと半分ほど切れた。

聡子は声もなくその場に倒れた。

噴き出した血が、板の間に溜まっていく。返り血を全身に浴びたことで稔の逆上が頂点に達した、という見方もある。はじめから鏖のつもりで来たのだから意外に冷静であったはず、という意見もある。いずれにせよ、ここから殺戮劇がはじまった。

目の前で妻を惨殺され、さすがに茫然自失となっている隆敏の肋骨のすぐ下に、稔が包丁を突き刺し、内臓をぐいとえぐった。稔の脇をすり抜けて貴一郎のもとに駆け寄ろうとした菊代が、血溜りに足をとられて腹這いに転んだ。稔は隆敏の腹から抜いた包丁をその背中に突き立てた。包丁の先は菊代の心臓に達した。

貴一郎は、這って客間へと逃げた。子どもたちは、あまりの惨状にすぐには身動きもできなかっただろう。

菊代から包丁を引き抜いた稔は、すぐ貴一郎に追いつき、腰のあたりを踏みつけ、背中から心臓のあたりをめがけ、二度突き立てた。

聡子の首を切ってから、大人四人を殺傷するまでわずか十数秒のできごとだった。

隆敏だけはまだ息があり、腹を押さえてうめいていた。

稔が隆敏のとどめを刺そうとしたとき、子どもたちの姿がないことに気づいた。縁側から外へ逃げたらしい。

稔は包丁を手にしたまま、庭へ飛び降りた。

まるで天空の桶の底でも抜けたかのような激しい雨に、あっというまに全身がずぶ濡れになった。

数メートル先も見通せないような視界の悪さに、これでは子どもらを見失ったかと思ったそのとき、母屋の隣に建つ、納屋の入り口からこちらをうかがっていた小さな頭がすっと隠れたのが見えた。

稔は、大股で納屋に近づく。

このあたりではよく見る造りだが、松浦家の納屋の入り口に扉はなかった。すでに夕刻であったうえに、雨雲が空を覆って夜のように暗い。目をこらし、気配をうかがう。

ずり、と体と床のこすれる音がした。足音を殺し、音のしたほうへ近づく。

「逃げて」少女の声が響いた。

道具入れに使っているらしい古い箪笥の向こう側から聞こえた。

「早く、逃げてっ」

強い声に押されるように、影がひとつ飛び出した。

声の主は姉の綾乃、飛び出したのは弟の英一だ。

英一は、奥の隅にかかっている梯子段を上って二階に逃げた。

稔は天井を見上げた。簡素な板張りで、朽ちてところどころに穴が開いている。これで袋の鼠だ。

先に、姉を始末することに決めた。

稔は包丁を逆手に持ち、ゆっくりと箪笥に近づいた。人影が見えたと思ったとたん、脇腹に火の塊を押し込まれたような衝撃が走った。

「おおっ」

見れば、下草刈りに使う大鎌が、刃の半分ほど腹に突き刺さっている。

綾乃が、納屋で見つけた鎌を力任せに薙ぎ払ったのだ。これは松浦家でふだんから使っている鎌であり、刃はよく研いであった。ポロシャツ一枚の稔の腹筋を破って内臓に達した。

「きさま、よくも」

稔は手にしていた包丁を綾乃の腹に突き立てた。

即死ではなかったが、大量の失血のため、しだいに顔が白くなってゆく綾乃を見下ろしながら、稔が脇腹に突き刺さった鎌を抜こうとしたとき、後頭部に経験したことのない衝撃を受け、そのまま暗闇に落ちた。

〈泉蓮著『乙霧村の惨劇』（奇譚書房刊）より〉

1

島崎藤村が書いたあまりに有名な一節を借りるまでもなく、木曽路を走れば車窓から見えるのは、山また山だ。国道19号とつかず離れず流れる木曽川のきらめく川面が、単調からの一種の救いにも感じる。

長野県木曽郡乙霧村は、中山道の中でもこの「木曽路」と呼ばれる区間の、南端近くに位置している。

県境を越えて岐阜県に足を延ばせば、そこはもう馬籠宿だ。

乙霧村の面積は、東京都の新宿、中野、渋谷の三区を合わせたものとほぼ同じだが、その五割近くを山林が占め、四割強が水田である。宅地はわずか一割に満たない。

農林業が主たる産業であり、かつ働き手が年々減少しているという典型的な過疎村だ。村長はじめ、役場の職員たちはあれこれと対策を考えているようだが、人口減少に歯止めはかからない。

いまから二十二年前、これといってとくに名産品もないこの田舎の村が、全国的に名を知られることになる事件が起きた。といっても、観光客が押し寄せるような楽しい話題ではない。むしろこのできごとを境に、ますます村の若者の流出に拍車がかかったことは、人口推移のグラフが証明している。

「乙霧村の五人殺し」として知られている事件だ。

かつてこの村で生まれ育った男が舞い戻って、一家五人を惨殺し、みずからも斧で頭を割られて命を落とすという、犯罪史に残る凄惨な事件である。

この村では、夏になると、道端や空き地などに黄色い可憐な花をつけた野草が咲き誇る。これが村の名の由来ともなった『オトギリソウ』だ。

手折ってよく見れば、その花弁には茶色い小さなしみがあることに気づくだろう。

このしみには、痛ましい故事がある。門外不出の薬草の秘密をもらした弟を、怒った兄が切り殺したときに飛び散った血の痕だという平安時代から残る伝説だ。ちなみに花ことばは〝恨み〟そして〝秘密〟などである。

また、オトギリソウの花の勢いがよい年は、乙霧村に悲劇が起きるという言い伝えもあると聞く。

事件があった年は、それこそ村一面、例年なら生えないような場所にまで黄色い花が咲き誇り、不幸なことが起きねばよいがと村の人たちは語っていたそうだ。

「友里さん、そろそろみたいですよ」

わたしは、うたた寝からさめかけていたところだったが、その声ではっきりと現実世界に引き戻された。目を開けば、前席に座る小野寺純が振り返ってこちらを見ている。

がたん、と車が揺れた。

「すみません、うとうとしてしまいました」

弁解する必要もなかったのだが、寝顔を見られたということと、甘く端整な純の笑顔が目の前にあって、少し照れてしまったのもあった。

「しょうがないですよ。退屈ですもん」

純は、もういちど爽やかに笑いかけてから、前を向いた。

父親は大手自動車メーカーの重役で、母親の実家は不動産を複数保有する資産家だと聞く。絵に描いたようなおぼっちゃまだし、それをまったく隠そうとしない。学内の男子としては屈指の人気者らしい。このサイズでもミニバンと呼ぶのだそうだが、今わたしたち六人が乗っている大きな車も、純の家の所有物だそうだ。内装は豪華で、シートも快適、そしてもちろん、純の父親が勤める会社の製品だ。

わたしは窓の外に視線を向けた。目覚めかけたときに、車が右折したのをぼんやりと感じていた。いま、橋を渡っている。欄干ごしに見える水面に、真夏の少し傾きかけた日がきらきらと反射している。

「木曽川ね」

誰かに向けて放ったことばではなかったのだが、隣に座った飯田昌枝がそれを聞いてふんと鼻を鳴らした。

あたりまえじゃないの、と笑われたような気がして、少し苦い気分になった。それとなく昌枝の横顔をうかがうと、目を閉じたまま腕組みをしてヘッドレストに頭をあずけている。どうしてそんなに機嫌が悪いのだろうと不思議に思う。今朝早くに出発したときから、ずっとこの調子だ。

彼女については、出発前の打ち合わせのとき、ほかのメンバーにいろいろと聞かされた。成績は優秀で、給付型の奨学金をもらって、親の仕送りなしでやりくりしているらしい。ただ生活は相当苦しいらしく、「家賃一万円で、アパートの屋根裏に住んでいる」とか「罠をしかけて猫を捕まえて保存食にしている」などの都市伝説的な噂ばかりだ。

ひとりを除いてほぼ全員にそっけないのだが、とくにわたしに対する態度はあきらかに悪意がある。

どう記憶をたどっても、彼女に嫌われるようなことをした覚えがないので、単にそういう性格なのだと思うことにした。車の座席はなんとなしに決まったように思っていたが、実は昌枝の隣席を押し付けられたのかもしれないと、出発してから気づいた。

やれやれ、と小さく嘆息する。せっかくの旅行だから、できれば楽しく過ごしたい。

「結構長かったな」

前席の純が、大きな伸びをした。

「ずっとおんなじ景色なんだもん、さすがに飽きた」

そう答えたのは、純の左隣に座る酒井玲美だ。噴き出しそうになって、あわててこらえた。飽きるもなにも、風景にはほとんど興味を示さないで、ずっとスマートフォンのゲームをやっていたくせに。

昨年秋の学園祭で行われた『ミス立明大学』で準クイーンに選ばれたという美貌だし、純ほどではないにしても、親が設計事務所を経営する裕福な家庭だと聞かされた。このふたりを見ていると、神様というのはわりと大雑把な性格で、あまり平等ということに気を遣わないのかもしれない、などと思ってしまう。

「景色なんか見てないくせに」

わたしが呑み込んだせりふを、隣席の昌枝があっさりと吐き出した。それを聞いた玲美が唇を歪めたのが、斜め後ろのわたしのところからも見えた。

「橋を渡ったら、そこからはもう乙霧村だ」

助手席でナビ役を務める、新堀哲夫が振り返った。なんとなく、得意げな表情に見える。

「おれのおかげで、旅行も無事にいけそうだ」という意味のことを、途中の休憩や食事のたびになんども聞かされた。〝隊長〟というあだ名がついているのは、たぶんいつも命令口調で威張っているからだ。本人曰く、東大に落ちて一浪し、本校に入学したらしい。年上扱いしないとへそを曲げるそうだ。意外に一番扱いづらいメンバーかもしれない。嘘かほんとうか、かなり玲美に入れあげていると聞いた。

哲夫は「このまま道なりだからな」と、運転席でハンドルを握る西崎浩樹に、たしかに隊長然とした口調で言った。

「うん」口数の少ない浩樹がぼそっと答える。

「あいつ、相変わらず威張ってるな」

車を提供した純が、隣の玲美にひそひそ声で話しかけたのがわたしのところにも聞こえた。玲美は、スマートフォンのゲームから視線をあげずにふふんと笑っている。

「いまのうちだけ、威張らせてあげなさいよ」

玲美の含みのある発言が気になった。

車外に目を向けると、道端に黄色い花の群生を見つけた。

「オトギリソウかしら」思わず口にする。

「え、どれどれ」純がウインドーに額を押し付けるようにしてのぞく。

「見せて見せて」隣の玲美が、純の体にしなだれかかるようにして外を見た。

「友里さん、あれがそうですか」

「ええ、たぶん」

「なんだか地味ね」

このやり取りを聞いていた昌枝が、また軽く笑った。

やれやれ、とまたため息がもれた。

今回の一泊二日の旅行は、わたしが通う立明大学文学部公認の文学サークル『ヴェリテ』のメンバーで来ている。最終目的地兼宿泊先は、木曽路最南端の馬籠宿だ。言わずと知れた島崎藤村生誕の地だし、旧街道の風情を残す町としても有名だ。外国人観光客も多いと聞く。ただ、少なくともわたしの一番の目的地は馬籠ではない。途中で寄り道することになっている、乙霧村松浦地区だ。いままさにその地へ到着しようとしている。

不謹慎のそしりを受けるかもしれないが、胸は高鳴っている。

ヴェリテは総勢が四十人ほどで、有名なノンフィクション作家でもある泉蓮文学部教授が顧問をしている。ちなみに、ヴェリテとはフランス語で〝真実〟という意味らしい。

ヴェリテに籍を置く三、四年生は、その半数以上が泉ゼミのゼミ生でもある。今回のメンバーでもゼミ生でないのは黙々と運転している浩樹だけだ。

泉教授は、総白髪の独特の風貌と柔らかい口調が人気で、ニュース番組の解説やクイズ番組からお呼びがかかることもある。顧問がマスコミに露出する機会が多いためか、話に聞く世間の文学サークルと少し毛色が異なるようだ。いわゆる〝文学おたく〟が殺風景な部室に集まって「太宰と芥川、どっちの作品に、より死の影を感じるか」などと議論しているばかりではない。

フィクション、ノンフィクションを問わず、有名作品の舞台となった土地をたずねて見聞を広める、というのがこのサークルの趣旨だ。有志は長期休暇などを利用して、国内だけでなくヨーロッパやアメリカまで足を延ばす。しかし実態は、単なる観光旅行に終わることが多いと聞く。ほとんどの者は、その費用を親に頼っているそうだ。だからといって、誰かに迷惑がかかるわけではないし、わたしがとやかく言う筋合いのものでもない。

サークルの構成員は、ざっくりと二グループに分けることができる。

ひとつは、旅行先で「あの泉蓮が顧問をしている、東京の大学の文学サークルです」と少し自慢げに言いたい人種だ。金銭的な苦労はなく、パスポートには税関のハンコがいくつも並ぶ。もう一方は、旅行にはあまり参加しない——興味がないか、資金がないか、あるいはその両方の——学生で、純粋に泉と接する機会を楽しみにしている。おかしな言いかたかもしれないが、本来的な文学サークルの学生という印象だ。

わたしが見たところ、このわずか六人のメンバーも、ほぼその二派に分かれる。

もちろん前者が純と玲美だ。このふたり、サークル内というより大学内でも屈指の美男と美女だ。しかも、純は別格としても、玲美もブランド物をいくつも持ちいわゆる遊び人の臭いがする。どうして文学サークルなどという地味な団体に属しているのか不思議な気もするが、やはり顧問教授が著名人であることが大きいのかもしれない。それに、ほかにもテニスだかスカッシュだかのサークルも掛け持ちしているそうだ。

似た者どうし、仲がいいのを隠そうとしないが、いわゆる男女の仲ではないらしい。これもまた、わたしにはあまり関心のないことだが。

そして、後者の地味なタイプが哲夫と昌枝だ。とくに、金銭的に困っているという昌枝が、どうして強制でもないこの企画に参加したのか、不思議な気もするが、純が参加するのが大きな理由のようだ。

残るひとり、唯一ゼミ生ではない浩樹の人となりはよくわからない。芯はしっかりしていそうだが、おとなしい。やはりサークルのイベントにはあまり参加しないようだ。根暗には見えないがあまり冗談は言わない。純が、自分と犬猿の仲である哲夫との緩衝役として、強引に連れてきたという噂も聞いた。たしかに、メンバーの中で話していて一番気が休まるのは浩樹だ。

わたし自身は、公共交通機関と自分の足を使って名刹を散策するのは好きだが、サークル主催の旅行はあまり参加したことがない。実態が単なる泊りがけのコンパだからだ。旅行案内に載っている〝超〟有名な場所をいくつかたずね、その前でピースサインをして写真を撮り、ブログだかSNSだかにアップしたらさっさと宿へ向かい、酒盛りとゲームやカラオケ大会をはじめる。

そもそもは十年ほど前、このサークルに所属する女子学生が、『現役女子大生が私生活を赤裸々に告白する』という趣旨の番組に出て、奔放な発言で人気者になったらしい。芸能事務所から声がかかったという噂も聞いた。

本来、サークルとは関係ないのだが、それ以来なんとなくマスコミにコネがききそうだというイメージを持たれているのかもしれない。以前、わたしは泉教授にその話をしたことがあり、教授も困っているようすだった。

とにかく、わたしはそういったことにはほとんど興味がない。月に一度の定例会に泉教授が顔を出し、学生と気楽に語らってくれる時間を何より楽しみにしている。教授がもう少し指導力を発揮してくれればとも思うが、文学のこと以外には興味のない御仁なので、あまり期待はできない。

そんなわたしが今回、はるばる木曽路の南端まで出かける気になったのは、泉教授の代表作でもある『乙霧村の惨劇』の舞台である、長野県乙霧村を通過するからだ。

わたし以外の五人は全員三年生、わたしだけが四年生だ。ふつうは四年生のこの時期になると、就職活動に忙しくてサークルの旅行どころではない。幸い、わたしはその必要がないため、参加することにした。

いや、仮に就職活動中でも参加しただろう。まさに現代の陸の孤島とでもいうべき乙霧村は、こんなチャンスでもなければ出かける気にはなれない。ペーパードライバーを自認する身としては、それこそ海外へ行くぐらいのふんぎりが必要だ。

正直なところ、わたしの参加を全員が快く迎えてくれたわけではないと、うすうす感じていた。

理由を聞くまでもなく、気心の知れた三年生だけで行きたいのだろう。そうは思ったが、この企画を知ったときからどうしても参加したくなり、実質的な幹事役である純に熱心に頼んでメンバーに加えてもらった。

だから、せめて今夜の懇親会では、ポケットマネーでビールか地酒でも追加させてもらおうと思っている。

しかしいざ出発してみれば、わたしが年上であることを、皆があまり気にしているようすもない。六人の中で一番小柄でもあるし、もともと童顔なうえに、口調もおとなしいからか、皆、気さくに接触してくれるので気が楽だ。ただし、昌枝だけは例外だが。

わたしは東京下町の散策と同じぐらいに田舎歩きが好きだ。

ローカル線の各駅停車に乗ってこれといって特徴もない小さな駅で降り、それこそコンビニもないような街道を気の向くままに歩き回るのが楽しい。友人からは、多少の揶揄もこめて「渋過ぎ」と笑われるが、とくに決まったスポーツをやっているわけでもない身としては、健康維持にも役立っていると思っている。

ここへ来るまでの、国道19号を南下するルートから見える景色は、とくに都会育ちの純や玲美にはずいぶん退屈だっただろうと同情する。田舎の景色を見慣れたつもりのわたしでも、つい飽きてまどろんでしまったほどだから。

交代で運転しようと言いながら、六人が乗ったミニバンをほとんど浩樹ひとりで運転してきた。あとで「お疲れさまでした」とお礼を言わねばと思う。

「みんな、予定よりちょっと遅れてるから、きびきび行動して欲しい」

助手席から振り返った哲夫が、〝隊長〟の名に恥じぬ物言いをした。

「はーい」純が幼稚園児のような返事をする。

時刻を見れば、午後五時をわずかに回ったところだ。いくら七月半ばとはいえ、山間の日が落ちるのは早い。もしかすると、あと一時間ほどで日が陰ってくるのではないだろうか。

暗くなる前にあの場所をじっくり見たい。いよいよだ。しだいに落ちつかない気分になってきた。

窓の外を流れていく景色を見ながら、それにしても寂しい村だなと思ったとき、車のスピードが落ち、すぐに停まった。

2

「このあたりが村の中心部らしい。この道をまっすぐでいいはずだが、浩樹が念のため誰かに道を確認してくれと言ってる。たしかに引き返す時間が惜しいので、ちょっと聞いておこうと思う。あくまで念のためだ」

哲夫が、もってまわった言い訳のような説明をする。

振り返った浩樹が、申し訳なさそうな顔をした。たしかに、その気持ちはわかる。ここまで運転してきたのだから、もう無駄な動きはしたくないだろう。

「これが村の繁華街かよ」

純があきれたような声をあげた。

目の前は信号のある交差点だが、記憶の限りでは、国道を折れてからはじめての信号機だ。

十字路を取り囲むように、村役場と郵便局、菓子パンから日用品まで揃っていそうな個人商店、理髪店に医院、それに廃業したらしい鮮魚店などがぽつりぽつりと建っている。もちろん、ごくふつうの農家もある。鉄道の駅はない。

「なんだよ、ここは駐在所の前じゃないか」哲夫が不満そうだ。

「道をたずねるならちょうどいいと思って」浩樹が遠慮がちに言う。

いくら過疎村とはいえ、人の姿がまったくないのはどういうわけだろう。まるでゴーストタウンのようだ。

「ど田舎だな。誰も通らないぞ」

ドアを開け降り立った哲夫のあきれている声が、流れ込む熱風に乗って聞こえてくる。

「哲夫隊長殿、冷房が効かないからドアを閉めてください」

純が大声をあげると、暑さに顔を歪めた哲夫がすぐ車内に戻ってきた。

「だったらおまえが、誰か探して聞いてこい」

「さっきからコンビニが一軒もない」玲美があくびまじりに言う。

「それよりさ、電波が入りにくくなってきたぜ。やばいかも」純がスマートフォンを振っている。

それを聞いた玲美が、嫌だ、と体を揺すった。

「今どき、そんな土地があるなんて。わたし、あっちこっち連絡待ちなんだけど」

それにしても、すれ違う車も、通行人もいない。

見渡せば、防風林や白っぽい塀に囲まれた家が田んぼの中に散在しているが、そういった民家の近くにも人の気配はまったくない。夕刻とはいえうだるような暑さのせいか、早くも夕げの支度だろうか。あるいは、突然現れたよそ者に警戒しているのか。

よく手入れされた田んぼには、実りはじめた稲穂が揺れている。それでかろうじて人

「まあ、いいか」

が住んでいる気配を感じる。

そして気づいた。道路脇にずっと先まで連なって咲く黄色い花は、オトギリソウではないだろうか。

「ここが連ドラのロケ地になるんだってさ」

唐突な純のことばがどこか弁解じみて聞こえた。メンバーの何人かがこの場所に寄り道をしようと決めた最大の理由は、どうやらそこにあるらしい。

「こんな田舎でねえ」玲美はどうでもよさそうに答える。

純が、芝居がかったやりかたで舌を鳴らした。

「このぐらいの田舎じゃないと、すぐに地元のやつがばらすからな」

ゴールデン枠の連続ドラマの舞台になる、という話は、今回の旅行の企画を知ったときにわたしもはじめて聞いた。「乙霧村事件」をベースにオリジナル脚本を作り、いま人気の若手俳優と女優が共演し、極限状態の中で芽ばえる純愛を描くのだという。実際の事件とはかなり違ったストーリー展開になるようだ。

泉教授が監修するのでもなければ、とくに関心がない。しかし一部の人にとっては、「あのロケ地に、まだ誰も知らないうちに行ってきたぜ」と言えることが、そしてそこで撮った写真を「アップ」することが、自慢になるらしい。

駐在所の警官か住人を見つけて、道を聞こうとしたのに、まったく人が通らないのであてがはずれたようだ。エアコンを効かせるためアイドリングをしているのも無駄な気がする。

「まあ、いいさ。下調べはしてある。このまままっすぐだ」

しびれを切らしたらしい哲夫が断言した。

「哲夫隊長にお任せしますよ」

純が〝隊長〟をつけるときは、半分からかっているらしいのだが、哲夫のほうではそう呼ばれてまんざらでもなさそうなのが面白い。

「おいおい。やっと人類の姿を見たぞ」

そんな哲夫の声につられて前方を見ると、青いシャツの制服警官が、白塗り自転車のスタンドを立てるところだった。ここの駐在所員だろう。

警官は、顔から流れ出る汗をタオルでぬぐいながら近づいてくる。シャツの胸元や脇が汗で濡(ぬ)れている。

「あのオマワリさんに聞けばいいじゃない」玲美はいつも暢気(のんき)だ。

「意地の悪そうな顔をしてる」哲夫がぼそっと答えた。

「性格は関係ないだろ」純がからかう。

「おれは国家権力の犬は嫌いだ」

「道を聞くだけで大げさな」

ぶつぶつ言いながらも、哲夫が窓を開け、警官とやり取りをはじめた。

会話は切れ切れにしか聞こえない。警官の発する「東京から」とか「どこまで」といった単語が流れてくる。哲夫は松浦地区の名をあげて「このまままっすぐでしょ」とたずねたようだ。

「あんなとこへ何しに行くの」

警官の声が少し大きくなった。

そもそもは、哲夫が横柄な口のききかたをしたせいだと思うが、警官もなぜか詰問調だ。

「面白くなってきた」

純が、くすくす笑いながら肘(ひじ)で軽く玲美を突いた。哲夫と警官が喧嘩(けんか)になるのを期待しているのかもしれない。ああ、いまここでそんなことに巻き込まれたくない。それより、さっさと現地に行きましょうよ、と思う。

「理由を言う必要がありますか」哲夫の声もさらに大きくなった。

「あそこは危険なんだ。剣川(つるぎがわ)の流れは急だし、古い木の橋がひとつ架かってるだけだ。集落の裏手は急斜面で、なにかあったら大変だ。外部の人間には入ってもらいたくない」

「地権者によって立ち入り禁止ですか」哲夫が食い下がる。

「いや、そうではない。あんなところに入る物好きはいないからな」

「だったら自己責任で行きますよ」

「あんたたち学生さんだろ？　たまに、例の事件があった場所を見に来る若いのがいるんだけど、地元としては迷惑してる」

「たったいま、『あんなところに入る物好きはいない』って言ったくせに」

「地元の人間の話をしてる。どうせあんたらも、のぞき見根性で来たんだろうが、仮にも、人が何人も亡くなった場所だぞ。そこへよそ者がやってきてゴミを捨てたり、ひどいやつは壁に落書きしたりする。去年なんて、どういう神経してるんだか、建物の近くでバーベキューをやったうえに、炭にホワイトガソリンをふりかけたばかがいて、ぼや騒ぎまで起こした。あんたたちと同じような学生だったよ。村には、あの事件の被害者の親戚だって住んでるわけだし、観光地じゃないんだから」

「ぼくらはそんなアホなことしません」

「だいいち」警官が一歩下がって、口をへの字に曲げた。「——こんな大きな車は中まで入れないぞ」

「適当なところに停めますよ。公道であるかぎり、行くなと命じられる筋合いはないでしょう。どうせそのうち、観光客を呼ぶつもりのくせに」

喧嘩腰で、そう言い捨てて、窓を閉めてしまった。運転席の浩樹に鼻息も荒く、「おい、出してくれ」と命じた。

「了解」浩樹が淡々と答える。

「それに、もうすぐ夕立が来るぞ。雨が降ると、剣川は流れがきつくなるからな」

手をメガホンにしてそう声をあげた警官のすぐ脇を、車はゆっくり抜けていく。ウインドー越しにメンバーを確認するようにのぞいていた警官が、わたしを見たときに「おや」という表情を浮かべたような気がした。

　だがそれも一瞬のことで、あっというまにミニバンは道路に戻った。

「なんだ、意外にあっさり終わったな」純が残念そうだ。

　振り返ると、腰に手をあてた警官が、汗をぬぐいながらこちらを見ていた。

　ただ時間を無駄にしただけのように感じた。

3

　駐在所の警官と別れてほんの数分進むと、車はまた停まった。

「なんだ、こんどはどうした」純が不満げな声をあげる。

「行き止まりだ。正確にはここで舗装道路が終わって、砂利敷きの林道になる」

「林道でも山道（さんどう）でもいいけど、もう少し車で行けないのか」

「やだ、こんなところに人が住んでるの？」

　ときどきスマートフォンから顔をあげる玲美が、いまさら気づいたように、周囲をきょろきょろと見回している。哲夫がすぐに解説する。

「いまは住んでないよ。説明したじゃないか。松浦地区は二十二年前から、つまりあの事件のあとから無人だって」

　玲美に対するときだけ、心もちことば遣いが柔らかい。

わたしも少し背筋を伸ばし、フロントガラス越しに前方を見た。たしかに、アスファルト舗装が目の前で突然終わっている。田舎ではときおり見かける風景だ。

その先は轍が残る林道となって、行く手をふさぐ山脈の方向へ上っていく。

見回せば、侵入者を拒むような深い森に囲まれている。右手には警官も言っていた剣川が流れている。『乙霧村の惨劇』にも出てきた急流だ。

ウインドーを半分ほどおろすと、水音が聞こえてきた。少し、清々しい気分になる。

山奥から下ってきた剣川の急流が、ここで川幅を広げ、ゆるやかな流れとなって水田地帯を横切っていく。その後農業用水としての役目を果たし、木曽川へと注ぎ込む。

「まあ、とにかく車で行けるとこまで行ってみようよ」

純の気楽な発言に背中を押されるように、浩樹は再び車を発進させた。こんどはかなりゆっくりと進む。ときおり、長く伸びた小枝がボディをこすっていく。

「だから気をつけてくれってば。傷つけると、返すときにうるさいからな――」

のんびりした口調だった純が、そこで急に声の調子を変えた。

「おいおいマジかよ」

何ごとかと思えば、手にしたスマートフォンをひらひらと振っている。

「――とうとう電波が来なくなった」

「うっそー」と応じたのは、玲美だ。

浩樹は運転中だし、哲夫も昌枝も彼らほどのヘヴィユーザーではなさそうだ。わたしも、旧タイプの携帯電話を使っていて、そもそもＬＩＮＥやゲームなどに熱中する習慣はない。だから一時的に電波が入らないからといって、パニックを起こすこともない。

「ここまでだな」

哲夫がそう言うと同時に車が停まった。

見れば《この先、車両は通行できません》という看板が立っていて、車三台ほどが停められそうなスペースがあった。わずかに轍も残っている。地元の人間はここまで車でやってきて、Ｕターンして戻るのだろう。

浩樹や哲夫が事前に調べたところでは、この先は徒歩で行くしかないらしい。わたしはむしろ賛成だ。快適なシートとはいえ、座る時間が長くて背中がこわばっている。

各自荷物を手に、車から降りた。

思い思いに伸びをしたり、未練がましく電波が入らないかチェックしたりしている。

林道は急な登り坂になっていて、真夏だというのに、都心では想像もつかないほどひんやりとした風が吹いている。空気の成分が違うような気さえする。

ほんとうにこの先に、〝元〟がつくとはいえ集落があるのだろうか。

森の入り口あたりまでは蟬がうるさいほど鳴いていたが、不思議にいまはあまり聞こえない。その代わり、ときおり森の奥から、するどく突き刺さるような鳥の声が響いてくる。見慣れぬ人間を警戒し、あるいは威嚇しているのかもしれない。野鳥の声はいくつか聞き分けられるが、あの気味の悪い声に覚えはない。

四方から圧倒するように迫る樹木は、一本一本を見ればたしかに日本の物だが、雰囲気は完全にジャングルだ。

「森林浴ですね」

浩樹が両手を伸ばし、深呼吸しながらほほえみかけてきた。

ぎすぎすしたやり取りをずっと聞かされてきたので、この緩い感じが心地いい。

それに、浩樹は旅行がはじまってからずっと、いくぶん浮いた存在のわたしを、さりげなく気遣ってくれている。

「友里さん、荷物持ちましょうか」

純もすかさず声をかけてきた。浩樹とは違った意味での、気遣いを見せる。学年でも屈指のモテ男にこう言ってもらえば悪い気はしないが、しかし純と親しげに話すと必ず昌枝の攻撃を受けることがわかってきた。いろいろとむずかしい。

「ありがとうございます。でも大丈夫です。大した物は入っていないので」

わたしは、貴重品と簡単な身の回り品を入れた、アウトドア用の小さなリュックを背負った。ふだん、趣味の散策をするときに使っている、愛用のリュックだ。中には、小型のデジタルカメラ、非常食というほどではないがチョコでくるんだシリアルバーが一本、タオルハンカチが二枚、ミネラルウォーターのペットボトルなどが入っている。

ほかのメンバーも似たような軽めの身づくろいだ。

純と玲美のそれは、ひと目でわかるハイブランド品だ。玲美はロゴだらけのバッグを肘から提げ、純はたすきのように背負うボディバッグだ。純はそのほかに、スポーツメーカーのロゴが入った少し大ぶりなトートバッグを取り出した。ファスナーが閉まっているので、中に何が入っているのかわからない。宴会の飲食物かと思ったが、意外に軽そうだ。

浩樹のバッグに目がとまった。目に染みるような黄色の地に、黒い文字で有名な自転車メーカーの名が印字してある。スポーツタイプの自転車に乗る人が使う、メッセンジャーバッグという種類だ。

少しオーバーサイズ気味のニューヨーク・ヤンキースのキャップと合わせ、なんとなく、浩樹の雰囲気に似つかわしくない感じがして印象に残った。

「みんな、準備はいいかな」

「よいであります。隊長殿」純がおどけて敬礼した。

ほかのメンバーからも、はい、とか、オッケー、という声があがった。

「んじゃ、哲夫隊長殿、先頭お願いします」純が敬礼したまま言った。

哲夫はふん、と鼻を鳴らしたが、まんざらでもないようすで、車一台がやっと通れるほどの林道を登りはじめた。わたしも、リュックから出した虫よけスプレーをさっと腕にかけて、あとに続いた。念のためにベルト通しからぶら下げた、真鍮でできた小さな熊よけの鈴が、ちりんちりんと澄んだ音を立てる。

「それにしてもみんな、よく気にならないわね」

めずらしく、昌枝が話を切り出した。何を言いだすのかと、皆の意識が集まったのを感じる。

「異分子がまじってるっていうのに、どうして平気でこんなひとけのないところに行く気になれるのかしら」

どう考えてもわたしに対するあてつけだ。がっかりもするし、正直なところ少し腹も立つ。それでもこの旅行のあいだは波風を立てたくない。

玲美が、「同情します。気にしないで」という顔つきで、わたしだけに見えるように小さく舌を出した。お礼の代わりにほほえみ返す。

純が話題を変えてくれた。

「哲夫隊長殿、あのキノコは食えるでありますか」

枯れた木の根元から生えたキノコを指差す。

「知らん。食ってみればわかる。おれは責任をとらない」

「哲夫隊長殿にも知らないことがあるでありますか」


先頭を行く哲夫の二メートルほどあとを、浩樹、わたしの順で歩いて行く。

一度、スズメバチがすぐそばを飛んでいったときは全員に緊張が走ったが、それ以外はこれという危険も感じない。

わたしの歩みに合わせて、熊よけの鈴が規則正しく鳴る。その後ろから、純と玲美がひそひそ話をしながらついてくる。話題はあいかわらず、電波がどうした、とか、バッテリーが、というものらしい。最後尾は昌枝だ。

道端の黄色い花に目が行く。この村に入ったときから、まるで私たちを導くように連なって咲いているこの小さな花は、オトギリソウに間違いなさそうだ。しかし、いまそれを話題にする気分ではなかった。

すぐ前を行く浩樹が、振り向いて声をかけてきた。

「怖くないですか」

「森がですか、事件現場がですか」

「どっちもです」

「たぶん平気です」笑顔で答えた。「森はわりと慣れてますし、まさか現場にいまでも血の痕とか残ってないでしょうから」

冗談のつもりで言ったのに、浩樹はまじめな顔で、さあどうですかね、と首をかしげた。

「事件直後から誰も住んでいないらしいから、もしかすると当時のままかもしれません」

「急に怖くなってきました」

浩樹が軽く笑った。

「いまさら、遅いですよ。それに、現場を見るために来たんですから」

血痕（けっこん）を見に来たわけではなかったが、浩樹がこんな軽口を叩（たた）くのをはじめて聞いたので、否定しなかった。目的地が近くなって、おとなしい浩樹も、多少気分が高揚してきたのかもしれない。

「友里さんは、もちろん『乙霧村の惨劇』は読まれたんですよね」

「はい。たぶん十回は」

「がちがちの泉蓮ファンなんですね」

「著作はほとんど読んでます」

「すごいなあ。ぼくも興味はあるけど、かなわない。それに──」

そのとき、先頭の哲夫が立ち止まり振り返った。

皆、少し荒くなってきた息を整えながら、哲夫が指差した方角を見た。かなりきつい流れの剣川に、車がやっと一台通れるほどの木の橋が架かっている。先ほど会った警官も言っていたが、かなり古そうだ。

「ようやく着いた。この奥がお目当ての集落らしい」

大丈夫だろうかと少し心配になる。踏み抜く危険はないだろうか、もしかすると橋がまるごと崩壊したりして、などとあれこれ考えてしまう。住人がいないので、架け替える必要も予算もないのだろう。

一方で、二十二年前の事件の日、戸川稔はどんな気持ちでこの橋を渡ったのだろう、そう思うと不思議な気分になる。

橋の渡り口には、錆の浮いた太い鎖が渡され、中央あたりに《危険！　立ち入り禁止》と下手な字で書かれた木製の札がぶら下がっている。鎖の両端は、橋の支柱に巻き付けられ、大きな南京錠で留められている。

　この鎖と札にはあまり意味がなさそうだ。鎖をまたぐかくぐるかすれば簡単に通り抜けられるからだ。

「さっきの駐在は立ち入り禁止じゃないって言ってたよな」哲夫が木の札を指ではじいた。

「村の人間が勝手につけたんじゃないか。年寄りは排他的だからな」

　この純の意見に、ほとんどのメンバーがうなずいた。

　わたしは、なんとなく気にかかったことを口にしてみた。

「少し意外に思うんですが」

「何が？」鎖に足をかけ、ぶらぶらとゆすっていた純が、軽い調子で聞き返した。

「この橋、相当古いようですが、つる草がからまったり表面に落ち葉が積もったりしてないじゃないですか。なんだか、ふだんから誰かが手入れしているみたい」

「そういえば、そうだな」哲夫が腕を組んだ。

「あそこ、材木の色が違う。誰かが直したんだ」

　純の指差した橋の一部は、たしかに木材の色も質感も違う。そう思って見れば、ほかにも手すりや、足元の何か所かに補修の痕跡がある。

「やだ、じゃあ誰か住んでるってこと？」玲美が顔をしかめた。

「定期的に役場の人間が見回りに来てるんだろ。そのとき簡単な手入れをするんじゃないの」浩樹が淡々とした口調で言う。

純があっさりと鎖をまたいでメンバーを見渡した。

「みんな。せっかくここまで来たんだから、ぐずぐず言ってないで先へ進もうぜ。冗談じゃなく、日が暮れちまうよ。さっき見た予報じゃ夕立が来るかもしれないし。——さて、玲美お嬢様は、鎖をまたぎますか、それともくぐりますか？」


渡ってみると、橋は思ったほど不安定ではなかった。

人間の重みで傾いたりはしなそうだ。それでも、踏みしめるたびに伝わってくるじくじくとした感触は、あまり気持ちのいいものではない。

足元に注意しながらゆっくりと端に寄った。欄干にそっと手を添え、注意深く川をのぞいてみる。水面まで、思った以上に距離があった。

水田のあたりではゆったりと流れる剣川だが、ここではまったく別の顔を見せている。ところどころ天に向けて突き出した大岩のあいだを、泡立ち渦を巻いた水が流れ下っていく。ラフティングができるほどの川幅はない。大岩の下流側には黒くて深そうな淵（ふち）もあって、子どもや慣れない人間が気軽に水遊びできる雰囲気ではない。

遊ぶどころか、もう少し水流が増えたら、水泳が得意な大人でも助からないかもしれない。

よけいなことを考えてめまいなど起こさないうちに、先へ進むことにした。

4

松浦家中興の祖、松浦忠重がこの乙霧村に屋敷を構えたのは、一五五九年、つまり織田信長が桶狭間で今川義元を討つ前年のことだ。

忠重の祖父である友重は、いまでいう中津川あたりの出で、もともとは食い詰めた武士や土地を追われた猟師など、はみ出し者の頭領といった存在だった。しだいに、彼の腕っ節の強さと豪胆さを慕う人間の数が増え、いつしか武装集団となり、傭兵のような存在となった。武士というよりは、忍びとして知られる甲賀や伊賀の民に近い存在だったかもしれない。

忠重は、祖父譲りの恵まれた体格であるうえに、ゲリラ戦術に長けており、局地戦においては負け知らずで、陪臣ながら信長、秀吉、家康の三人に仕えた。

忠重が乱世を生き延びることができたのは、戦闘上手だったというだけでなく、生来警戒心が強かったことも大きな要因といえるかもしれない。

乙霧村と呼ばれるようになったのは江戸期に入ってからであって、それまでこのあたりの水田は、北から順に上地、中地、下地などと呼ばれているだけだった。

この水田地帯が乙霧村の主要部であり、葉軸を上にした銀杏の葉、あるいは逆さに広げた扇子のような形をしている。

昔は剣川の流れにもっと勢いがあって、この土地はまさに扇状地であるという説もある。

扇子の要にあたる部分は、東西両側から山が迫っており、人里はここで行き止まりになっている印象を与える。

しかしその奥に、実は土地の者しか知らない隠れ里のような一画があり、松浦忠重は晩年、そこへ屋敷を移した。

なぜ、そんな人里離れた場所へ引っ込んだのか。

理由のひとつには、猥雑な生活の場から距離を置くことによって神秘性を持たせようとしたということが考えられる。神社などの立地にも見られる傾向だ。

しかし、忠重の行状などからすると、もうひとつの理由が見えてくる。

忠重は病的なまでに家臣の裏切りを怖れていた。信長の悲惨な最期をあげるまでもなく、部下の裏切りにあって落命した戦国武将は数知れない。しかも自分は奇襲や策略で、多くの敵を滅ぼしてきた。壮年期を過ぎて、夜な夜なうなされたのかもしれない。

忠重は、弟の芳重やごく少人数の気心の知れた部下とこの地に引き籠もり、やがて江戸幕府の時代になると、事実上の名主として定着する道を選んだ。配下の何人かは他家へ仕官していったが、帰農した者もいる。

そう広くはないが、収穫高のいい水田と檜が取れる山を持ち、領主も一目おくほどの〝顔〟だった。

戦とは縁の切れた晩年を送ったと思いたいが、実際は親族の裏切りという被害妄想がますますひどくなり、とうとう最後には弟の芳重を斬り殺している。

すなわち、〝乙霧〟は、そもそも〝弟切り〟なのだ。

そのころから、もともと自生していたものが増えたのか、あるいは悲惨な最期を遂げた芳重を悼んだ家臣や村人が植えたのか、村のあちこちに、その名も『オトギリソウ』の群生が見られるようになった。そしていつしかこの地はオトギリ村と呼ばれるようになった。由来からすれば、本来は〝弟切村〟と表すべきなのだが、字面が不吉なので現在の字をあてるようになったとされている。

ちなみに忠重は後年、側女に生ませた子に刺殺されるという最期を遂げた。

オトギリソウの黄色い花が咲き誇る年は、松浦家の当主が悲惨な最期を遂げるという言い伝えもある。

史実を紐解けば、わかっているだけでも七人の当主ないし隠居が身内に殺されている。

それが転じて現在では、村に不幸が訪れる兆しだと伝わっているようだ。

5

橋を渡った向こう岸は、密度の濃い茂みに覆われていた。

針葉樹と雑木、それに篠(しの)だか竹だかがごちゃごちゃに生え、入り交じって、とてもではないが通り抜けられない。野生の獣でも無理そうだ。

泉蓮教授の作品にもこの密生のことは出てくる。彼は、忠重の時代、人工的に植えられた物だと指摘している。いってみれば、天然の逆茂木地帯だ。この向こう側にはちょっとした壕(ほり)もあったらしい。

これだけ密生していれば、たしかに敵兵が攻め込んだとしても刀や槍(やり)を持ったままかき分けて進むのは困難だ。

その茂みを切り開く形で、S字に曲がった細い道が一本延びている。

これが集落への唯一の道だという。カーブを描いているのは、砦(とりで)の中に見通しのいい道を作ることを嫌う戦国の習いだろう。

それはともかく、この道に下生えがほとんどなく、ふつうの靴で通行できるということは、すなわち日頃手入れをしている人間がいることのあかしではないか。

人の気配に驚いたのか、またも、ぎぃっというような不快な鳴き声をたて、茂みの中から鳥が飛び立った。

玲美が、ひっ、と肩をすくめた。

「もうやだ。さっきから、超不気味なんだけど」

まさか、ここまで来て引き返そうなんて言いださないだろうなと、少し心配になった。

いくら田舎歩きが趣味だといっても、皆が引き返してしまったら、さすがにひとりで見て回るだけの勇気はない。幽霊だとか呪いだとかはまったく信じないが、合わせて六人も死んだ惨劇の土地はやっぱり気味が悪い。

そんな気弱なわたしを笑うかのように、いつのまにかひぐらしが鳴きはじめた。見上げれば空は青く日差しも強いが、わたしたちが立っているあたりは、すでに山の陰になりつつある。早くしないと暗くなってしまうと少しあせりを感じる。

哲夫を先頭にカーブした道を進むと、ほどなく茂みが終わり、視界が開けた。

ここが松浦地区だ。

『乙霧村の惨劇』によれば、松浦地区は東西約二百メートル、南北百メートルあまりのきわめて狭隘(きょうあい)な土地だ。

形は半円、というより、少し扁平(へんぺい)なかまぼこ、かまぼこの断面図といえばいいだろうか。それもふちが紅(あか)いかまぼこを想像してもらえれば、なおわかりやすい。

紅い円弧の部分が切り立った山の岩肌で、事実上外部と行き来はできない。南側の、かまぼこの板にあたる部分が剣川であり、ほぼ中央部分に橋が架かっている。さきほど渡った古い木の橋が、外部との唯一の連絡口になる。

現地に来て、意外に感じたこともある。

松浦地区は、想像していたほど〝秘境〟という雰囲気ではなかった。

二十二年も人が住んでいない狭い空間なら、もとの生垣や庭木がぼうぼうに伸びて、ほとんど原生林化しているのではないかと思っていたのだが、意外に開けた印象だ。

少し眺め回して、その理由がわかった。

どの樹木も、根元かあるいはせいぜい人の胸の高さあたりでばっさりと切られている。ある物はそのまま枯れ、ある物はそこから新しい枝を伸ばしている。樹形や植生などを無視した乱暴な剪定だが、そのおかげで風の通りがよく、あまり閉塞感がないのだ。

「やっぱり村の人間が管理してるんだな」

哲夫が、まるで自分がいまはじめて言いだしたかのようにうなずいている。


松浦地区のうち、川寄りの半分ほどの土地には、建物は一軒もない。昔は共有地、つまり畑や広場として使っていたのかもしれない。

もとは電柱だったと思える柱が数本立っているほかは、切り株と崩れた積み石の残骸といった、荒涼とした眺めだ。ところどころで群生しているオトギリソウの黄色い花が、希少な差し色になっている。

半分よりも北側の崖寄りに家が数軒建っている。

人間が生活していた母屋（おもや）のほかに、そこそこ大きな納屋や蔵のある家もある。まるで落ち武者の里のようでありながら、それなりに資産を持つ一族の隠れ家だったのだろう。全国的に見てもめずらしい集落ではないだろうか。単に虐殺があったというだけでなく、その特殊性に泉教授は着目したのではないか。

家の数をかぞえてみようと指差していると、背後から声がした。

「江戸の初期からずっと七軒、増えもせず減りもせずです。ただし、戦後は御多分にもれず過疎化が進んだようですけど」

振り返ると、浩樹がほほえんでいる。

「かなり傷んでる建物もありますね」とわたしは答えた。

「二十二年前にすでに空き家だったわけですから、もう修復不能なぐらい朽ちているかもしれません。惜しいですね」

「ほんとうに」

あらためて眺めてみれば、川の流れと並行するように三軒ずつ二列に並んでいる。そしていかにもこの二列を後方から見張る感じで、岩肌むきだしの崖ぎりぎりのところに、一軒の建物が見える。ほかの六軒にくらべて、やや大きい、という程度の印象だ。

「あれが松浦家ですね」

わたしがそうもらすと、浩樹がそうですねと答えた。

松浦家の母屋に向かって左手に蔵が、右手には二階建ての納屋が見える。

ただ、肝心の母屋は、このあたりの水田のほとんどとかなりの山林を所有していた松浦家の物にしてはきらびやかさがない。

これには理由がある。

泉教授もその著作の中に記しているし、わたしも自分で少し調べてきた。

江戸期以降松浦家は、入母屋（いりもや）造りと呼ばれる、維持管理に手間のかかるがゆえに富の象徴ともいわれる屋根を持った、二階建ての大きな屋敷であった。

それが第二次大戦中、本土空爆がはじまり敗戦の色が濃くなった頃、いきなり貴一郎の父親、馨（かおる）が建て替えたのだ。

切妻造りと呼ばれる、もっともシンプルな屋根にふき替え、建物も平屋としたため、そこらでよく見かける少し大きめの農家という風情になった。

これにはもちろん計算が働いている。万が一敵兵が攻め入ってきたとき、金持ち然とした家は目をつけられる。だから終戦前に、目立たない家に建て替えたのだ。

ちなみに、もとはふたつあったといわれる蔵もこのときにひとつつぶした。

松浦家のすぐ裏手には、岩の崖が迫っている。神馬山（じんめ）という名の、平地との高低差は三百メートルほどの小さな山だ。しかしその斜面の険しさは特筆もので、ほとんど直角に切り立っているといっても過言ではない。

裾（すそ）のあたりはクマザサに覆われ、上部へ行くに従い、背の低い針葉樹が群生している。

そのところどころは岩肌が露出していて、荒涼とした眺めだ。

「こういう場所に家を建てるのはめずらしいですね」

脇に立った浩樹がささやく。同意しかけたとき、背後から割り込む声がした。

「忠重ってのは、ずいぶん臆病（おくびょう）者だな」

振り返ると、哲夫が腕組みをしてうなずいている。彼の言いたいことは理解できた。

この背景もまた、忠重の晩年の病的なまでの用心深さを象徴している。

忠重とその郎党は、神馬山の岩盤質の斜面をさらにけずり、むきだしの崖ぎりぎりのところに砦を建てた。背後から襲われるのを防ぐためという言い分である。戦になって松明（たいまつ）や岩を転がされたらどうするのかといらぬ心配をしたくなるが、結果的に目的は達せられた。

また、現在に至るまでこの地にただの一度も土砂崩れが起きた記録はないから、忠重の土地を見る目は正しかったことになる。「臆病とクレバーは同義語だ」と言った友人がいたが、納得できる。

戦争が終わる前から家を建て替えるほどの用心深さは、代々のものらしい。

集落をゆっくり歩きながら、観察して回る。草木をゆらす風の音と、ときおり響く山鳥の鳴き声のほかは、わたしがぶら下げた熊よけの小さな鈴がちりんちりんと寂しげに鳴るだけだ。

松浦家以外の六軒は傷みが激しい。手入れをすれば住めそうか、と思える建物も一、二あるが、相当な補修が必要だろう。中にはほとんどの壁が崩れ落ちて、家の向こう側が見えてしまっている物もある。納屋や物置があれば、それものぞいてみた。どの家も、古びた農具類が放り出すようにしてある。

歩きながら、もうひとつ気づいたことがある。家ごとの敷地に、壁や塀などがない。境界の目安として、どうだんつつじやさざんかなどの生け垣、あるいは竹で組んだ簡素な垣根で仕切っていたようだ。

まるで現実世界から取り残されたようなこの狭い集落で、凄惨な事件は起きた。

6

いまから二十二年前の夏、この地方を記録的な集中豪雨が襲った。

乙霧村周辺だけでなく、北陸、中部地方から紀伊半島にかけて土砂崩れや川の氾濫が多発し、合わせて二十数名が生き埋めや行方不明になった。

木曽路一帯も、あちこちで山が崩れ、川はあふれ、道路が分断され、交通網は麻痺した。もともと陸の孤島のようであった松浦地区も当然ながら孤立した。

当時でさえ過疎化が進んで、松浦には、かつての名主であり、いまもこの地にしがみつくように暮らしている松浦老夫婦の一世帯しか住んでいなかった。

集落に近づく唯一の林道は、剣川の氾濫でとても通行できる状態ではない。かといって背面の神馬山の岩肌は険しく、崖からレンジャーが降りたとしても、年寄りを背負って登るわけにもいかない。集落内にヘリを降ろせるような場所もない。無理をするとかえって危険であるという判断になり、ひと晩ようすを見ることになった。松浦忠重が屋敷を構えてからこの四百年余りのあいだ、松浦地区には一度も土砂崩れが起きた記録がないことが、そう判断する材料のひとつになった。

大雨の被害は広範囲にわたっており、優先して救出にあたらなければならない地区がほかにいくらでもあった。

この地区を受け持つ、自衛隊と消防団で構成された救助隊が、ようやく松浦集落に近づけたのは、翌日の昼近くだった。それでもまだ剣川の水は濁り、激しく渦を巻き、危険な状態であることにはあまり変わりがない。

数年前に架け替えたばかりの木製の橋は、幸い流されずにあった。

隊員たちはロープで体をつなぎ、ひとりずつ慎重に渡った。

目指す松浦家の前まで来て、隊員たちの表情が曇った。

玄関の引き戸が開いたままなのだ。

脇に回れば、縁側の戸も一枚開いたままで、雨戸も閉まっていない。

何かが起きた気配がする。豪雨に危険を感じ逃げだしたのだろうか。だとしたらどこへ？

ほどなく、その理由を知ることとなった。

まず母屋の板の間から客間にかけて、松浦夫婦と思われる歳のいった男女と中年女性、合わせて三つの惨殺死体が発見された。大量に流れ出た血も乾きはじめていて、無数の蠅が飛び回っている。

隊員たちは、てんでに叫んだりうめき声をあげたりした。

あきらかに殺人事件である。急ぎ、県警本部と救急に連絡をとり、残りの建物や周辺を捜索することになった。

犯人は逃げたと考えるべきかもしれないが、どこかにまだ隠れている可能性も捨てきれない。生存者がいることも考えられる。あの大雨の中、急斜面をロッククライミングのように登って逃げたとは考えにくい。生き延びたなら、集落のどこかに潜んでいる可能性が高い。

すぐに別の遺体が三体、納屋で見つかった。

泥と乾きかけた大量の血で、もとの色がわからないほど変色している白いカッパを着た中年男性。少し離れた先に、やはりうつぶせになって、体の大きい筋肉質の男が、後頭部を熟したザクロのように割られて死んでいる。その脇に落ちている斧(おの)が凶器のようだ。さらによく見れば、脇腹にも草刈り用の大きな鎌が深々と刺さっている。顔には無精髭(ひげ)が目立ち、洗いざらしのジーパンにポロシャツを着ていた。驚くべきことに、斧で頭を割られても即死せず、どの程度意識があったかわからないが、土間でのたうった形跡があった。

さらにもう一体、どうみても十代半ばにしか見えない少女が、肋骨のすぐ下あたりから血を流しあおむけで死んでいた。化粧をしているのかと思うほど顔が真っ白である以外は、寝ているような死に顔だった。

ここにも、追い払うのに苦労するほど、蠅が飛び回っている。

納屋の中には、雨があがったあとの濃密な湿気もあいまって、呼吸困難になりそうなほどの臭気が漂っていた。

あまりの光景に、しばらくは口を開く者が誰もいなかった。建物の陰で吐いたり、耐えきれずに橋のほうへ引き返していく隊員が続出した。

「死体が六つか」

自衛隊の責任者がつぶやいたことばに、地元消防団員のひとりが答えた。

「たしかもうひとり、貴一郎さんの孫の小学生くらいの男の子も遊びに来ていたはずです。おととい、道で会って挨拶したからまちがいない」

あまりの惨状に虚脱状態となっていた救助隊員のあいだに、再び緊張が戻った。

大量殺人事件ともなれば、警察の検証が終わるまで遺体を運び出すことはできない。

隊員のうち数名を現状維持のために残し、ほかは男児の捜索にあたった。

集落内をしらみつぶしに捜して回ったが、見つからない。逃げようとして、井戸に落ちたか、あるいは増水した川に流されたのだろうか。

日も暮れかかり、現場検証も一段落し、ライトを照らしつつ捜索するか、続きは明日にするべきかと検討しはじめたとき、ようやく「いたぞ」と声があがった。

少年は、松浦家の納屋の二階にいた。

板張りの床のかたすみ、うずたかく積まれた藁の山に埋もれ、息を殺し、呼びかけにも答えることなく、じっと隠れていたのだ。救助隊のひとりが棒でつついて偶然発見した。

少年の名は英一、この惨劇で祖父母、両親、姉の五人を目の前で殺された。病院に収容され、しばらく入院したのち、父方の遠戚の夫婦に引き取られた。しかし、一貫して英一の口は重かったという。

かなり日数を経てから、あたりの柔らかい女性警官が神経を使いながら面談したが、「こうだったのか」と聞けばうなずくが、みずから何が起きたのかを語ることはなかった。


ノンフィクション作家の泉蓮はこの事件に興味を抱き、二年の歳月をかけて自分なりの調査をし、一冊の本にまとめた。それが『乙霧村の惨劇』だ。この年のノンフィクション系の文学賞を受賞しており、このジャンルとしてはそこそこのヒットとなった。現在も版を重ねている。

凶行を働いた犯人の名は戸川稔。事件当時三十二歳だった。

彼は二十二歳のときに、山形市内で傷害致死事件を起こしている。裁判の結果有罪となって、山形刑務所に七年間服役していた。

この山形市の事件のときは、金属工場に勤務していた。

会社の寮に入っていたのだが、あるときこの一室から現金がなくなる事件が起きた。同僚たちから、稔が犯人として疑われた。実はこれ以前から、先輩に対して態度が悪い、目つきが気に食わないとなんくせをつけられて、何度か喧嘩になっていた。

たとえばある時など、体が大きく喧嘩も強い稔に、一対一ではかなわないからと、同僚らが数人で夜道に待ち伏せし、いきなり鉄パイプで襲いかかって袋だたきにしたこともあった。これなどは、いじめの域を超えた立派な暴行傷害だ。

泉は、この会社での二年間で、稔の中にもともとあった社会や他人に対する恨みやひがみ、いきなり暴力で解決をしようとする性向が強くなったのではないか、とみている。

現金紛失事件の折も、当初は問い詰められただけだったが、あくまで否定していたところ、夜中に数人が部屋に押しかけてきて、布団の上からではあるがバットや棍棒で殴るなどした。

激昂した稔がバットを奪い反撃に出たところ、ひとりの頭蓋に命中し、これが原因でこの社員は翌日死亡した。

稔は傷害致死罪で逮捕された。また、警察が捜索したところ――本人は身に覚えがないと主張していたが――部屋の敷きっぱなしの布団の下から、盗まれた財布が見つかった。中の金はなかった。

一審で懲役八年六ヵ月の判決がくだされた。

そもそもは売られた喧嘩であり、いわゆる過剰防衛としてもう少し情状酌量の余地もあるのでは、と報道したマスコミもあったが、稔が控訴しなかったため、あっさり確定した。同様の事件に比べて量刑が重いのは、稔の傷害致死事件はこれがはじめてではなかったこともあるだろう。

稔は、十五歳まで乙霧村で過ごしている。

中学三年生のときに相次いで両親を亡くし、施設に預けられたが、わずかな期間でここを逃げだした。その後、どこで何をしていたのかほとんどわかっていない。

ただ、十七歳のときにも殺人と傷害の罪を犯し、三年六ヵ月のあいだ特別少年院に収容されている。

アルバイト先で——相手は軽いからかい程度で悪気はなかったと主張したが——出自に関することをからかわれ、十九歳から二十歳の三人を相手に喧嘩をした。ひとりを石で殴り、結果的に死に至らしめ、ふたりに骨折などの重傷を負わせた。

こちらは逆に、成人の事件に比べれば犯した罪のわりに収容期間が短い。喧嘩の原因ともなった生活環境が酌量されたのと、少年犯罪事件に共通する〝なるべく好意的に解釈する〟という姿勢もあったかもしれない。退院後は、保護司と連絡をとっていたが、まもなく行方がわからなくなった。

逮捕起訴されたのはこの二件だけだが、それ以外にも何か諍いがあったのかは不明だ。

いずれにせよ、過去の事件からわかることは、かっとなりやすい性格だということ。そして、一度火がついて暴力行為に及ぶと手加減ができなくなることだ。

稔が育った家庭は、お世辞にも裕福とは言いがたかったが、周囲の証言ではそれなりに幸せそうな一家だったらしい。稔がしばしばトラブルを起こしたのは、やはり生来の性格に由来するものだろうと泉は結論づけている。

稔は山形刑務所を七年で仮出所後、短期の仕事で食いつなぎ、刑期満了後は各地を転々としたようだ。〝ようだ〟というのは、ひとつには住民票をほったらかしにしていたので、追跡が困難なためである。もうひとつには、「稔を知っている」と名乗り出る人間がほとんどいないことだ。稔は、近隣との交流を極力避け、人と接する機会のない生活を送っていたのだろう。

ただ、乙霧村を訪れた理由は推測できる。

稔の両親は、かつて貴一郎が経営する製材所で働いていた。

父親はここで大怪我をしたあげくクビになり、母親はそのぶんまでも働こうと無理をして、脳溢血（のういっけつ）で急死した。父親はこれを嘆いて自殺している。

この過去の恨みを晴らすべく、松浦家をたずねたものとみて間違いないだろう。

稔の性分を考えるとき、はじめから腕力に訴えて問題解決しようと考えていたとしてもおかしくはない。

悲劇が大きくなったのは、たまたま貴一郎の息子一家が遊びに来ていた不運のせいだ。

誰が導くともなく、気づけば全員が松浦家の前に集まっていた。

壁はさすがに多少くたびれているが、漆喰と板張りのオーソドックスな造りで、わざわざ質素に建て替えたというが、今となっては風格を感じる。もっと立派だった頃のお屋敷を見てみたかった。

集落のほかの建物にはまったく生気が感じられない——いわば死んだ建物なのに対し、この松浦家だけは古びてはいるが、廃屋という印象を抱かせない。まだ息づいている感じすらある。二十二年間も無人であるのに、これは驚異的なことだ。

剣川に架かった橋といい、やはり人の手が入っていると考えざるをえない。

つい、母屋の右手に建つ二階建ての納屋に目がいく。この納屋が第二の殺人現場となった場所だ。扉のない二間ほどの入り口から中が見えるが、ここにも雑多な物が転がっているようだ。たしかに、古い箪笥も見える。あの陰に、姉弟が身を隠したのだろうかと考えたら、少し息苦しくなった。

どうしようか——。

中に入って詳しく調べてみたいが、ひとりでは怖い気もするので、あとまわしにすることにした。

母屋の玄関先にはコンクリートが打ってあり、木彫りの表札には、訪問者を威嚇するような力強い書体で《松浦》と書かれている。

玄関の扉は、戦後リフォームしたのか、ごくふつうに見かける格子のはまったガラス戸だ。一ヵ所ひびが入っていて、接着剤のような物で補修されている。

家の背後に迫る崖を仰ぎ見た。

見上げただけでめまいがしそうだ。よほど身体能力があるか、クライマーでもなければよじ登れないだろう。

崖の真下に家があっては頭上が涼しい感じもするし、守りのために橋を落としてしまったのではみずから求めて袋の鼠になるような気もするのだが、寝首をかかれる心配などない時代に生きるわたしなどには、想像もつかない思いがあったのかもしれない。

ふと足元に目をやると、ここにもオトギリソウの群生があった。黄色い可憐な花が咲いている。ただし、よく見ればその名の由来ともなった、茶褐色の斑点がある。兄に切られた弟の血が飛び散ったといわれているしみだ。

純が、あのさ、と声をあげた。

「玲美お嬢様が、お手洗いに行きたいらしいんだけど」

「ちょっと、純君、声が大きいよ」

玲美が、くりっとした目で純を睨んだ。

「自然の摂理だからしかたないって。それでさ、この家のトイレを使わせてもらおうかと思って」

そう言うなり純は、玄関先に立ち、引き戸をがたがたやりはじめた。開かないようだ。

「だめだ、鍵がかかってる。ぶっ壊して入ろうか」

純が引き戸をつま先で蹴った。

「ばか、やめとけ。空き家とはいえ、器物損壊はまずい。さっき駐在に顔を見られたしな。こっちを見よう」

哲夫が左手に移動した。全員がぞろぞろとついていく。

庭だった土地に面した場所に立つ。

雨戸が閉まっている。ざっとかぞえたところ八枚。哲夫が、ちょうど真ん中あたりに置かれた立派な沓脱ぎ石に乗って、戸板の一枚に手をあて、がたがたとゆすった。

「昔、『鬼平犯科帳』で見たことがある。盗賊が忍び込むとき、雨戸は持ち上げて外していた」

哲夫がぐいと力を込めると、雨戸の下が少し浮き上がった。自慢げな顔で振り返る。

「おれって、いろんなこと知ってるだろ」

「そんなことしなくても、ふつうに開きます。隊長殿」

すぐ脇で同じように雨戸をいじっていた純が、戸板に手をあて横にずらした。

「あ、ほんとだ。すごーい」

玲美が小さく手を叩き、哲夫の顔がいくらか赤くなったように見えた。

結局、全体の半分にあたる四枚分の雨戸を戸袋の中に押し込んだ。

雨戸のすぐ内側はガラス戸になっていて、そのうち何枚かは割れて、板があててある。このガラス戸も施錠されておらず、その内側は縁側というのか廊下と呼ぶのか、幅一メートルほどの板張りになっていた。さらにその奥にはすっかり変色した障子がはまっている。これも古い農家によくある造りだ。

さすがに障子は事件後に張り替えたらしく、激しく破れたり飛び散った血の痕などは見当たらない。

哲夫がガラス戸を開け、縁側に膝をついて障子を引き開けた。湿ったようなかびたような、古い木造家屋にありがちな臭いが漂ってくる。

皆、首を伸ばしてうす暗い家の中をのぞき込んだ。わたしが立つ位置からも、少しだけ見えた。畳敷きの部屋に、残照が差し込んでいる。

振り返った哲夫が、まじめくさって言った。

「大丈夫だ。首は落ちてない」

短い沈黙のあと、玲美が反応した。

「面白くなーい」

気の利いたジョークでも言ったつもりだったのか、哲夫は返すことばもなく、ただ顔を赤らめた。

「土足であがるぐらいはいいよな」

純はそう言うなりスニーカーを履いたまま、沓脱ぎ石からひらりと縁側に移った。

「まあ、そのぐらいはいいだろう。廃屋だし」

気を取り直したように哲夫も立ち上がる。

興味津々という顔で玲美が見守っている。

浩樹はとまどい顔で、昌枝はどこか軽蔑（けいべつ）したような表情で、縁側の外に立ってただ見ている。わたしも、非常に好奇心をかきたてられたが、中に入るのは遠慮することにした。厳密にいえば、マナー違反の域を超えて、違法だろう。ただし、口うるさいことを言って気まずい雰囲気をつくりたくないので、やめろとは言えない。それに、同性として、トイレが我慢できなくなってきた玲美に、同情もした。

家にあがり込んだふたりは、内側からさらに何枚かガラス戸と障子を引き開けて、縁側の半分ほどを開放した。畳敷きの部屋の中がすっかり見えるようになった。

急に光があたった畳の表面が、角度のせいか白っぽく浮き上がって見える。病床に臥（ふ）せっていた女性がいきなり衣服をはぎとられ、白い肌をさらしたようで、痛々しく感じられた。

「見ろよ。中は意外にきれいだぜ」部屋に踏み込んだ純が大きな声をあげる。

「玲美さん、これならきっとトイレも使えるよ」哲夫が手招きした。

「水はどうするの？」

「いらない、いらない、たぶん汲（く）み取り式だから」純が気軽な調子で言う。

「うそー、信じられない。だったら我慢する」

「なんだよせっかく開けたのに。——まいっか。みんなも、ぼさっと立っていないで早くあがれよ。ここが殺戮現場だぜ」

「いや、血の海だったのはそっちの板の間のほうだ」

「でも、たしか貴一郎はこの畳で刺されたんじゃなかったか。包丁の痕とか残ってないかな。くそ、ちょっと暗いな」

「さすがに張り替えただろ。でなきゃ、どす黒い血の痕が残っているはずだ」

「たしかに」

「男子ってほんとデリカシーがない。包丁とか血の痕とかって」

　玲美が口を尖らせた。

　玲美の非難には賛成したいが、ここが惨殺事件の現場だったことも事実だ。畳敷きの和室と隣接した板張りの囲炉裏端で三人が即死し、納屋でさらに三人が死んでいた。その後に誰も住んでいないとすれば、どこかに当時の痕跡が——もちろん血痕も含めて——残っているかもしれない。それを承知で見に来た。わたしも、家にあがるのは遠慮したが、正直なところ興味はある。

「やっぱり、わたしもちょっと見てみようっと」

　言うことをころころと変える玲美が縁側にあがろうとするところへ、哲夫と純がほとんど同時に手を差し出した。

「さんきゅ」玲美はふたりの手を同時に握った。

「わあ、すごい」

部屋を見回した玲美が歓声をあげる。トイレの話はどうなったのだろう。

「――見て見て、レトロだよー。テレビがブラウン管だもん。あ、ラジカセもある」

ふだんは冷静を装った感のある哲夫も興奮気味だ。

「ここが問題の囲炉裏だな。ここで貴一郎は酒を飲んでたんだ。なあ、みんなも見てみろよ」

「電話は意外に変わってないな」純が受話器を持ち上げて耳にあてた。「だめだ。通じてない」あたりまえか、と自分で笑った。

「なあ、ちょっと変だな。どこにもあんまり埃が積もってないぜ」

包丁が刺さった痕を探していたらしい哲夫が、板の間をなぞった指先を見せた。

「たしかに、絶対に誰か掃除してる。おれの部屋よりきれいだ」純がうなずく。

「やだ、気味の悪いこと言わないでよ」

「おい、あれ見ろよ」哲夫が、壁を指差した。

「あ、ほんとだ。何これ」玲美がいかにも気味悪そうに言う。

壁に、ごくふつうの丸い時計がかかっている。電池式のクオーツ時計だ。それ自体はめずらしくない。しかし、秒針が動いている。意識を集中すれば、カッカッと規則正しい音が聞こえる。時刻もほぼ合っている。

やはりこの家で誰か暮らしている？　だから、掃除がしてあるし、時計も動いているのだろうか。

「誰か住んでるってこと？」

玲美は自分で言っておきながら、すぐに「やだあ」と体を震わせた。

そこへ、純の少し高い声が響いた。

「なあ、あれ、血の痕じゃないか」

一本の柱の中ほどを指差している。わたしのところからは見えない。

「とうとう見つけたか」

哲夫がバッグからデジカメを出してレンズを向けた。

玲美が、わたしこの家もうやだ、と言うなりさっさと縁側から飛び降り、「あっち、行ってみる。男子は来ないで」と歩きだした。

純が、しょうがねえな、と苦笑しながら縁側から下りた。

「まったく、お嬢様のわがままには困ったもんだ。あ、みんなは来なくていいよ。たぶん、お手洗いの問題だし」

そう言って、小走りに玲美のあとをついて行く。純は「来ないで」の例外らしい。

なんだかよくわからないが、騒々しい人たちがいなくなった。

箪笥（たんす）のひきだしをあさっていた哲夫は、このやり取りを恨めしそうに睨（にら）んでいたが、やがて気を取り直したように、なあ浩樹、と呼びかけた。

「あんまり金目の物はなさそうだぜ。せめて記念に、囲炉裏の灰でも少しもらって行くか。あとで売れるかもしれないぜ」

「ぼくはいらない。気味が悪いから」庭から浩樹が答える。

「ふん。面白くないやつだ。それより、まったく汚れてないから、畳も入れ替えたらしいな。住人がいないのに意味がわからん」

「だって、遺族だっているわけだし」と浩樹。

「なあ、浩樹と昌枝で、そのあたりに寝っ転がって死体のまねしてくれないか。せめてそんな写真でいいから撮りたい」

哲夫の注文を、浩樹は即座に拒絶し、昌枝は無視した。

哲夫は、あきらめて部屋中の写真を撮りはじめた。わたしは、沓脱ぎ石の上に立ったままぼんやりと家の中を見ていた。

少し後悔しはじめていた。

わたしはほんとうにこれが見たくて来たのだろうか。殺戮の現場を見るためだけに、はるばるやってきたのか。だとすれば、趣味の悪さは土足で家にあがり込んだ彼らとあまり変わらないかもしれない。

「このブラウン管のテレビ、もらえないかなあ。売れるんじゃないかなあ」

哲夫の人柄が、少し変わったように感じる。ふだんの、建前論を前面に押し出した冷静さがすっかり消えている。殺戮現場に来たという興奮からだろうか。それとも――それとも、この井戸の底のように閉じた空間に、器械では計測できない〝悪意の瘴気〟のようなものが漂っていて、それが人の本性を浮かび上がらせたのだろうか。

ばかなことを考えてと、つい苦笑してしまった。

「わたしは、向こうに行く」

昌枝が、ぼそっともらして、純たちの去ったほうへ向かった。

「ああ、不気味なのがいなくなってせいせいした」

哲夫が、まだ聞こえるのではないかというあたりで言った。

「哲夫さん」と、さすがにやんわりたしなめた。

「友里さんだって、昌枝にずっと冷たい態度をとられてたでしょ」

しかたなく「ええ、まあ」とうなずいた。

「純と親しげに話すからですよ」

「親しげにと言われても、わたしはただ……」

「わかってますよ。昌枝が異常なんです。純もなにも好きこのんであんなのに手を出すかなあ。あいつ、ああ見えて結構ゲテモノ好きな……」

いけねいけね、と自分の口に手をあてるしぐさがわざとらしく感じられた。手を出す、というところにひっかかったが、見えすいた誘いに乗りたくなくて、聞こえなかったふりをした。

「わたしは、ちょっとほかのところを見て回ります」

浩樹に声をかけてその場をあとにした。

犯罪史に残る、しかも泉蓮がノンフィクションとしてまとめあげた事件の現場を見てみたいという望みは叶(かな)った。

もう充分だ。ひとり離れて、集落を散策してみよう。

あらためて庭に顔を向けたとき、一本の立派な松に気づいた。ほかの樹はかなり思い切って剪定してあるが、この松はおそらく往時の勢いそのままだ。大切にしているのはなぜだろう。ひょっとすると松浦家の象徴的な樹木、いまでいうシンボルツリーなのかもしれない。

わたしの歩みに合わせ、集落に熊よけの鈴の音が小さく響いた。

松浦家の斜め前に建つ家の、壁や屋根の一部に焼けた痕(あと)があった。警官が言っていた、去年の失火事件の名残りだろう。デジタルカメラを向け、何枚か写真に収めた。

もはや〝残骸(ざんがい)〟ということばが似合いそうだ。住人が死ぬとやがて建物も死ぬ、そんな思いが浮かんだ。

あれこれ考えながら歩き回るうち、あることに気がついた。どの家の納屋も物置も、いろいろな物がひっくりかえって、雑然としているのだ。あわてて何かを捜したような印象を受ける。それも、ごく最近だ。気のせいだろうか。あるいは誰かの意思によるものか——。

「ぼやって、これのことでしょうか」

納屋をのぞき込んでいるとき、急に背後から声をかけられ、思わず小さく声をあげてしまった。

振り返ると、浩樹がヤンキースのキャップのつばを持ち上げて、焼け残った家屋を見上げている。

「そうみたいですね」

「それにしても、ひどいことをするなあ」

「わざと火をつけたわけではなさそうですけど」

「でも、こんなところでバーベキューをすること自体、不謹慎ですよ」

口調がめずらしくきつい。引っ込み思案で茫洋とした印象しかなかった浩樹の別な顔を見た気がした。

そのまま、どちらからともなくゆっくりと歩きだした。まだ日があるうちに、集落全体をざっと見ておきたい。

歩を進めながら、浩樹が松浦家のことを話題に出した。

「血痕はともかく、家の中が意外にきれいだったのはどう思います？」

「最初は不気味に思ったんですけど、誰か手入れしているんじゃないでしょうか」

「つまり、村人が？」

「はい」

浩樹は、ぼくもそう感じていましたと、自分の考えを話しだした。

おそらく、村の人はいまだに惨劇を悼んで、たとえば、月命日になると被害のあった家を掃除に来るのではないか。それに、今年は二十二年目にあたる。あまりそういった方面には詳しくないが、たとえば仏教でいえば二十三回忌ということになるのではないか。事件のあった日付は一週間後だ。掃除の際、時計の電池を取り換えるぐらいのことをしても不思議ではない。

「考えてみたら、壁掛けの時計なんて一度電池を入れたら、二年や三年はもちますからね。動いていてもそんなに不思議ではないですよ」

同感だった。不気味と思うからなんでも怖く見えるのだ。

もう二軒ほどぐるっと回ってながめてみた。傷みがひどくて、見るべきものもなかった。

遠くに雷鳴を聞いた。

夕立が来るのだろうか。天気予報をしっかり聞いておけばよかった。

「そろそろ帰り支度をするように、みんなに提案しませんか」

そう言って、浩樹が肩をすくめた。わたしも雷は苦手なので、軽くうなずいて同意した。多少名残り惜しい気持ちもあるが、見るだけのものは見たという、一種の満足感もあった。それに、黒雲が広がり日が沈めば、街灯のないこのあたりは、歩くことも困難な闇に包まれるだろう。

ふと、車のエンジン音が聞こえた。

「なんだか、近くありませんか」

「あのあたりですね」

浩樹が指差した先には例の天然逆茂木の茂みがあり、そのさらに向こうには橋があったはずだ。乗ってきたミニバンを停めた位置よりだいぶ近い。

「誰かが、車を動かしたということ?」

わたしの問いに、浩樹がポケットから出した手を広げた。車の鍵が載っている。

「キーはここにひとつ、それから純が予備を持ってます。てことは、純が無理矢理車を持ってこようとしているのか……」

突然、女性の悲鳴が聞こえた。

甲高い、尾を引くような叫び声だ。

顔を見合わせる。浩樹の顔がこわばっている。すぐ近くから聞こえた。ということは、サークルのメンバーの可能性が高い。

「あっちです」

浩樹が指差したのは、集落の西側だ。いまいるここは東のはずれ、狭い土地とはいえ、あいだには建物があってよく見通せない。

「いまのは、玲美さんでしょうか」

どちらかが先にということもなく、声の聞こえた方角に向かった。浩樹は走っていくが、わたしの足は重い。もちろん怖いからだ。ほんとうは逃げだしたいぐらいだが、悲鳴を聞いて無視するわけにはいかない。

一軒の家の陰から、ようすをうかがおうとしている浩樹に追いついた。

「何か見えますか」

浩樹は無言のまま手のひらをこちらに向けて「待て」の合図をした。それからゆっくり顔をのぞかせたが、すぐに「あっ」と驚きの声をあげた。わたしに何も説明せず、「玲美さんが」と言い残して飛び出していった。

わたしものぞいてみる。

やはりトラブルがあったのは、この集落で一番西寄りに位置する家らしい。

庭先に敷かれた青いシート状のものの上に倒れているのは、たしかに、玲美に違いない。頭に何か突き刺さっているようだが、手前にぼんやり立っている純の陰になってよく見えない。

そのふたりに向かって走っていく浩樹のあとを追った。

近づくにつれ、ようすがわかってきた。

やはり、花見などで使うブルーシートの上に玲美が仰向けに寝かされ、頭頂部には——

——なんということだろう、斧が突き立てられている。

割れた頭蓋骨から中のものがはみ出て、血もあふれ出ている。わたしは一気に足から力が抜けて、その場にしゃがみ込んでしまった。いったい何が起きたのだ――。

「なんだ、いまの悲鳴はなんだ。どうかしたか」

大声をあげながら哲夫が走ってくる。

「玲美が」純がそう言って玲美の頭を指差した。

まだ事態が呑み込めないらしい哲夫が、なんだどうした、と玲美に近づいた。ここでようやく頭部の斧に気づいたようだ。うっ、と声をもらして顔をそむけた。胸を手をあて深呼吸している。

「なんだよこれ。なにがあったんだ」

問い詰めるように純を振り返る。純は説明せず、ただ首を左右に振った。

「死んでるかどうかたしかめてくれないか」純が懇願するように言う。

「おれがか？」

哲夫はうめくようにもらし、さらに二度深呼吸してから、玲美のほうに向き直った。

わたしは、まだ腰を抜かしたまま、立ち上がることができない。あの状態を見る限り、玲美はおそらく死んでいるだろう。頭をあんなふうに割られて、生きていられるはずがない。

哲夫がゆっくりと手を伸ばし、玲美の首に手を当てようとしたときだった。

突然、玲美がかっと目を見開き、さっと手を伸ばして、哲夫の腕をつかんだ。

「ひえっ」

手首をつかまれたまま哲夫がしりもちをつき、甲高い悲鳴をあげた。それを見ていたわたしも、地面に座り込んだまま、似たような声をもらした。

玲美は哲夫の手を放し、無表情のまま上半身を起こした。哲夫を見つめている。

手首を解放された哲夫は、ことばにならない悲鳴をあげながら、這うようにして逃げだした。

いったい何がどうなっているのか。

玲美が顔をわたしのほうに向けた。うつろだった目の焦点がしっかりとわたしに合い、血の涙の痕が残る顔で大きく笑ったとき、わたしは目の前が暗くなって、何もわからなくなった。

8

顔にぽつりと冷たいものが当たった。

暗い洞穴から這い出る夢を見たような気がした。いくつかのことが断片的に浮かんでは消える。うっすら目を開けると、いくつかの顔がのぞき込んでいた。心配そうな浩樹の顔、純はなぜか苦笑いしているように見え、昌枝はどこか見下したような表情だ。

「大丈夫ですか」最初にそう声をかけたのは浩樹だ。

その浩樹と純に腕を支えられるようにして上半身を起こした。失神してしまったらしいが、そう長い時間ではなさそうだ。

「立てますか」

純にうながされ、ゆっくりと立ち上がるその短いあいだに、何が起きたのかを思い出した。

「玲美さんは？　どうしました」

あいかわらず苦笑している純が顔を振った先を見ると、なんとなくばつの悪そうな笑顔の玲美と、不機嫌な顔で腕組みしている哲夫の姿があった。

「冗談だそうです」浩樹がまだこわばった表情のままで説明した。

「冗談？」

「そう。おれにドッキリをしかけて笑い物にしようとしたらしい」

腹立たしげな声で言い放ったのは哲夫だ。

ドッキリ？　笑い物？　なんのことだ。

玲美が頭に斧を突き立てたまま、てへへ、と舌を出したとき、ようやく事態が呑み込めた。いたずらだったのだ。

「でも、その斧は？」

玲美の頭を指差す。現に頭蓋骨が割れ、血が流れ出ているではないか。

「パーティーグッズなんです。ネットの通販で買った」純が説明した。

玲美が立ち上がりながら、服についた汚れを払った。

「わたしはさあ、反対したのよね。こんなメイクめんどくさいし。でもさ、純がドラマのロケ地で先に惨殺死体のドッキリを撮っておけば、動画サイトで人気が出るっていうから。哲夫隊長が死体を発見して腰を抜かすっていうショートストーリーにして」

玲美が頭に突き立てられていた斧を両手で持ち上げた。

仕組みはばからしいほどに簡単だ。よく女の子が頭につけているカチューシャタイプの動物の耳の代わりに、真ん中にプラスチック製の斧がついている。刃の一部が斜めにカットしてあって、少し離れると頭にめり込んでいるように見える。しかもごていねいに、刃のまわりの部分には、ぐにょぐにょした血の塊や割れた頭蓋骨まで見えている。

玲美は「ね、こんな感じ」とまた舌を出して頭に載せた。

玲美が媚びるような態度を示すのをはじめて見たが、哲夫の怒りは収まりそうになかった。

「動画で人気が出たからって、それがなんなんだ。こけにしやがって」

ただし、攻撃の先はあくまで純だ。哲夫は一歩近づいて、純の肩を押した。

「なにすんだ」純がむっとした声をあげる。

「そのスマホで撮ったよな。貸せ、削除してやる」

「やだね」

「よこせよ」もう一度、さらに強く肩を押した。

「暴力はやめなさいよ」昌枝が純に加勢した。

「うるさいブス」

「ひどいこと言うのね」

「あ。ごめん、わたしメイク落としてくる」

他人事のようにそう言って、騒ぎの中心である玲美が走っていった。

「もし、いまの動画をアップしたら、絶対に訴えるからな。だいたい――」

怒りながら玲美が去ったほうへ視線を向けた、哲夫のことばが唐突に止まった。皆、その視線の先を見た。

何人かが、短く驚きの声をもらした。わたしも息を呑んだ。いや、心臓が止まるかと思うほど驚いた。

いつのまにか、男が立っている。背の高い、体つきのがっしりした男だ。

これほど近くに寄るまで、誰も気づかなかった。

なんの変哲もないブルーの開襟シャツに濃紺のズボン、腰のベルトには、小物入れのようなものを着けている。目深に黒い制帽をかぶっているので、目もとはよく見えない。

「ここで何してる」

男が低い声で言った。

わたしの驚愕の理由は、男がいきなり現れたからだけではない。その体つきも雰囲気も、わたしがずっと抱いていた、乙霧村事件の犯人、戸川稔のイメージそのままだったからだ。

9

男の声には抑揚が感じられない。意志が強そうな印象を与える顔にも表情が浮いていない。

戸川稔のはずはないと、視線を合わせないように注意しながら、男の風貌をよく観察した。

着ている物は、さっき出会ったばかりの警官に雰囲気が似ていた。頭にかぶっている帽子も、警官の制帽によく似ている。しかしよく見れば、階級章はついていないし腰に拳銃のホルスターもない。どこかの警備員だろうか。でも、こんな人里離れた場所に？

男の厳しい目もとが不穏な印象を与える。

哲夫が、説明責任はおまえにあるといわんばかりに純を睨んだ。

「あのう失礼ですが……」

純の質問をさえぎって、男が低く響く声で言った。

「向こうの家に土足であがったのは、おまえたちか」

指差した先にあるのは松浦家だ。

「だから、おたくはどちらさんですか？　警察の方？」こんどは哲夫が横柄な口調で聞き返す。

穏便に済ませようと思ったらしく、浩樹が一歩進み出て、説明をはじめた。

「すみません。住んでる人がいるとは知らなくて、荒らすつもりはなかったんですけど――」

やり取りが聞こえたのだろう。まだメイクをほとんど残した玲美が、建物の陰から姿を現した。

「なになに、どうかした」

血の涙はルージュで描いたらしい。落とす途中のためか、ますます凄惨な顔つきになっていた。頭には斧が突き立てられたままだ。

男が玲美を見て、ぐっという喉に何か詰まったような声をたてた。

「このかた、どなた？」

玲美が誰にともなくたずねる。

無表情だった男の顔が、みるみる赤くなっていく。帽子の陰になって目もとがはっきり見えないのがよけいに不気味だ。

わたしは、男の手が小刻みに震えていることに気づいた。激しい怒りを我慢しているのかもしれない。やはり、激しやすい性格だったという稔のことが頭に浮かぶ。

「誰がやった」

男はさらに低い声で、質問を繰り返した。

純がぷっと噴いた。

「誰もなにも、冗談ですよ。怪我なんてしていません。これね、オモチャなんです」

純は、玲美の頭に突き立てられた斧の柄をつかみ、ぱっくりと割れた頭の一部ごと持ち上げた。

男が突然、ことばにならない声をあげた。

大柄な体にしては素早い動きで、純からオモチャの斧を奪い取った。先に頭の一部がくっついたままのそれを、目の前に持ってきて睨むようにしてながめ、思いきり振り回して放り投げた。ドッキリ用の斧は、隣の民家の屋根を越えて、その向こう側へ落ちた。

「ちょっとあんた、なにするんだよ」純が口をとがらせる。

「ほんと。そんな権利ないでしょ」

男が、くってかかる玲美のほうへ一歩踏み出した。

それを見た哲夫が、素早く割って入った。

「おい、暴力はやめろ」

そう言って、純にもしたように、男のたくましそうな肩を右手で押した。男はあっさりとその手首をつかんで捻(ひね)り上げた。

「痛(いて)てて」

哲夫は男に背中を向け、情けない声をあげて膝(ひざ)をついた。男はねじ上げた腕の力を緩めない。

浩樹が上ずった声で男に訴えた。

「暴力はやめてください。折れちゃいますよ」

どこにそんな勇気を秘めていたのか、哲夫の手首から男の手を引き離そうとしている。

男は、浩樹の顔を睨みながら、いつのまにか左手に持っていた黒っぽい金属の棒のようなものを振った。カシンという音をたてて、棒は一気に伸びた。見たことがある。警官や警備員などが持っている特殊警棒というもののようだ。

男は右手で哲夫の手首をつかんだまま、いきなりその棒を横に払った。それは鈍い音をたてて浩樹の頭にあたり、ヤンキースのキャップが落ちた。

殴られた浩樹は、糸の切れた操り人形のように、ぐにゃりと地面に倒れた。

その場の全員が短い悲鳴をあげ、それぞれの反応をみせた。

純は頭をかばって体を丸めている。昌枝はその純をかばうように肩を抱きかかえ、男を睨んでいる。玲美は背中を向けてしゃがみ込んだ。

わたしは、とっさに一歩身を引き、やはり両腕で頭を守った。しかし男はそれ以上の攻撃はせず、倒れた浩樹を睨んで肩を上下させている。

哲夫が男につかまれていた腕を振ると、こんどはするりと抜けた。

しかし男はそれに反応しない。ただじっと、倒れて動かない浩樹を見つめている。自分で殴っておいて、その結果に自分で驚いているようにも見える。

いったい、何が起きているのか――。

わたしの頭は少し前からまったくの混乱状態だった。

最初は、玲美の頭に突き立てられた斧に驚愕した。これがいたずらだとようやく納得しかけたところに、突然体の大きな男が現れ、ほとんど問答無用に、浩樹を殴りつけた。

これもドッキリなのか。そうであればいいと思うが、こんどは誰ひとりとしてにやにやなどしていない。この男は本気で怒っているのだ。

だが、男にとっては皆同じ仲間に見えたのかもしれないが、浩樹はこのいたずらとは関係がない。玲美と純が企んでやった悪ふざけだ。それに、たしかに悪趣味だが、そんなことぐらいでどうして暴力をふるうのか。これでは傷害事件ではないか。

理不尽さに怒りが湧くと同時に、やはり戸川稔がよみがえってまた暴れだしたのではないかと想像してしまう。そんなことはありえないと思いながらも。

まぶたにぽつりと水滴が当たった。

見上げる顔にまたぽつり。雨が降りだしたのだ。空の色も、夕方だから暗いのではなく雨雲の黒さのせいだ。

空を見上げた男が、こんどは大声で「だめだ」と叫んだ。

「――雨が降ると、あいつが来る」

男は金属の棒を自分のふとももに押し当てて一瞬で縮め、ベルトのケースに差し、さっさと歩きだした。

「おい、あんた」

呼び止めた哲夫を、純が「ばか、よせ」と止めた。男は哲夫の声に反応することなく、大股で去っていく。方向から察するに、橋へ戻るようだ。ひょっとすると、この騒動の前に聞こえた車のエンジン音は、この男が乗ってきたときのものかもしれない。

「なんだあの男」

興奮と怒りが冷めないらしく、哲夫は息を荒くしたまま、ねじられていた手首をさすり、男の後ろ姿を睨んでいる。

遠ざかっていった男が茂みの道に吸い込まれるように消えても、しばらく誰も口を開かなかった。いや、開けなかったというべきだろう。

いたずらを企てた玲美と純以外は、斧の悪ふざけでさえ完全に消化しきれていないところに、いきなりあんな暴漢が現れたのだ。頭の霧が晴れないのも当然だ。

「あいつ、何者だよ」沈黙を破ったのは純だ。

「いかれてるな。警察に訴える」哲夫がすぐに言い添える。

「なんとなく、警官みたいな雰囲気じゃなかったか」

「ほとんど装備品はつけてなかった。偶然だろう」

戸川稔が生き返ったのではないかというばかげた考えは、口に出せなかった。

わたしは、倒れている浩樹のそばにしゃがんで、ようすをみた。息はしている。雨粒がまぶたにあたると、かすかにぴくりと動く。よかった、生きている。

哲夫と純のやり取りに、玲美が割り込んだ。

「それより、どうするのよ、浩樹君のこと」

同じゼミ生でない遠慮からか、親密度の違いか、浩樹のことは、純に対するように呼び捨てではなかった。

「浩樹さん」

わたしは、体に触れずに声をかけてみた。反応がない。出血しているようすはない。大きな外傷はなさそうだ。

「早く病院に連れていかないと」

そう言いながらほかのメンバーを見渡した。

昌枝はもとからの仏頂面だが、少し前までへらへらしていた純と玲美も真剣な表情だ。メイクが半分ほど残っている玲美はかなりひどい顔だが、笑える気分ではない。

哲夫が、しかし、と言った。

「頭をやられたからな、動かしては危険だ」

「じゃあどうする？　このままにしておくのか？」純が突っ込む。

「誰もそんなことは言ってない」

「浩樹はとりあえずここに寝かせて、早く逃げようぜ。さっきの駐在所に行こう」

「おいていくのか」

「ばか、助けを呼びにいくんだ。あいつが戻ってきたらどうするんだ」

「ばかとはなんだ」哲夫が顔色を変えた。「そもそもおまえらの悪ふざけが原因だろうが」

「相手がいないと威勢がいいな。簡単に腕を捻られてたくせに」

「おまえこそ、もう少しまともなことを考えろ。多少金があるからって鼻にかけやがって」

「なんだ、どういう意味だ。今はそんなこと関係ないだろう」

どうしてこうなるのか。

「そんなことでもめてる場合じゃないですよ」

わたしの声に、ようやく諍いが中断した。準備してきたブルーシートに横になった玲美と違い、浩樹は空き家の庭先の土の上に倒れたままなのだ。

「このままではかわいそうです。――せめて、そこの縁側まで運びませんか」

哲夫が、松浦家侵入の際に試みたのと同じ要領で雨戸を外した。松浦家よりやや狭い縁側には、かなり土埃が積もっている。

「この、外した雨戸に載せて運ぼう」

こんなときでも、しぜんと哲夫が指揮をとる形になった。

「四人で手と足を持てばいいんじゃないか」純が反論する。

「頭を殴られているし、それじゃ不安定で危険だ。それに雨戸に載せておいたほうが、あとで移動するときにも便利だ」

自分でも正論だと思ったらしく、哲夫は〝隊長〟の威厳を示すように続けた。

「なるべく頭を動かさないように、みんなでそっと雨戸に載せる。そのあと、この家の縁側まで運ぶ。あまりきれいとは言いがたいが、地面に寝かせておくよりましだし、雨には濡れない。――異論がなければ運ぶぞ、手をかしてくれ」

純は返事をしないが、協力する姿勢を見せた。

哲夫の合図で、五人がかりで浩樹の体を持ち上げ、戸板の上にそっと寝かせた。わたしが頭を支えたが、気を抜くと首がぐにゃりと曲がりそうだった。

出血しているようには見えないが、頭を打って血が出ないときはむしろ危険だと聞いたことがある。

「板を持ち上げるぞ。傾かないように気をつけろ。絶対に落とすなよ」

男ふたりが戸板の上半身側を、女たちが足のほうをつかんだ。

「じゃあ、ゆっくり移動するぞ。せえの――よし、そんな感じだ」

ゆっくりと縁側まで運び、なるべく水平に保ったまま、戸板ごとそっと置いた。思ったよりもうまくできた。

「よし。ひとまず、これでいい」哲夫が満足げに言って、手についた汚れをはたいた。

「――あまり動かさないほうがいい。このまま戸板に載せておこう」

誰も反対はしない。純が、落ちていた帽子を拾って、浩樹の顔の脇に置いた。

わたしはリュックからタオルハンカチを出し、浩樹の濡れた顔をそっと拭いた。

「さて、どうする」哲夫が腕組みをして皆の意見を求める。

「あの男が戻ってくるかもしれないじゃない。早く逃げようよ」

玲美が、真っ先に声をあげた。すぐさま、哲夫が答える。

「浩樹のことはどうする？　みんなで車まで運ぶか」

「えーっ、わたし無理。十メートルぐらいが限界」玲美が首を左右に振った。

残りの者も顔を見合わせた。昌枝は無表情だが、純は嫌そうだ。わたしも、腕の力に自信がない。だが、置いて逃げるわけにもいかない。

「車まで運べないなら、先に助けを呼びにいけばいいじゃん。警察か救急隊に来てもらわないと」

玲美の言い分にも一理ある。ただその場合でも、付き添いは必要だろう。置き去りはかわいそうだ。誰が残るのか、あるいは誰が車へ行くのか、もめることになりそうな予感がした。

哲夫に主導権を握られっぱなしで、出番を待っていた感のある純が意見を口にした。

「車に戻る途中で、あいつと鉢合わせしたらどうする？　来るとき見ただろう？　一本道の片側は急流だし、もう片側は原生林みたいな森だ。逃げ場所はないぜ」

主張がころころと変わるが、その点は責められない。皆の心の中も似たように混乱しているはずだ。ふいの沈黙に、急に強さを増した雨音が割り込んだ。

張り出したひさしの下にいるのであまり濡れずに済んでいるが、みるみる降りは激しくなっていく。地面には小さな水たまりができはじめている。はねたしぶきが靴のあたりまで飛んでくる。集落全体が、夕日が沈んだあとのように薄暗い。腕時計の文字盤はまだ読めた。そろそろ六時半になろうとしている。今の時季の日没までにはまだ間があるはずだが、この地形ではもっと早く暗くなるだろう。このままではとてもまずいことになる、という焦りが湧きあがる。

「早くしないと完全に真っ暗になって、車にすらたどりつけない可能性があります」

そう言ってメンバーを見回した。薄暗い中に浮かんだ皆の顔に疲労の色が濃い。

「スマホのライトをつければ、足元ぐらいは照らせるぜ」と純。

「その代わり、向こうからもよく見える」哲夫がすぐさま否定する。

「ぐずぐずしてると、橋が流されちゃうかもしれない」

話はすれ違っているが、玲美の心配ももっともだ。

わたしは、浩樹の顔をぬぐってやったタオルハンカチで、自分の髪を拭いた。着ているポロシャツが、汗と雨で湿ってしまい、肌にへばりついて気持ち悪い。リュックの中に予備のハンカチがあるが、ほんとうに必要になったときまで使わずにおこうと思った。

「こんなことなら、来なければよかった」玲美がふくれっ面をしている。

「いまさら」昌枝が肩をゆすって笑った。

黒い空に稲光が走った。

玲美が「きゃっ」と悲鳴をあげるのと、パリパリパリ、と大気を引き裂く雷鳴がほとんど同時だった。

浩樹の鼻腔がぐごっと鳴った。

「なんだこいつ、いびきかいてるのか」

浩樹の顔をのぞき込んだ純が、笑っていいのか心配したほうがいいのか、という表情を浮かべた。低い声で昌枝が答える。

「あぶない兆候ね。頭を打っていびきをかきはじめたら危険」

まるで機械音声のような冷淡な説明に、誰も答える者はいない。

わたしは、もういちど同じことを提案した。

「まもなく日が沈んで、あたりは真っ暗になります。少しでも残照のあるうちに、ひとりかふたり、車まで行くことにしませんか？　ほかにいなければ……」

「だから、あの男が戻ってきたらどうするの」昌枝が話を引き戻す。

「たしかに危険かもしれませんが、戻ってこない可能性もあります。このままここで足止めを食うことと、どちらがリスクが大きいでしょう。大雨になって、川が増水したり林道に水があふれれば、身動きできなくなります。さっきの橋だってもつかどうか」

「何十年ももったのに、きょうに限って流されるかしら」

昌枝が片方の眉を上げた。

純と哲夫が顔を見合わせ、純が発言した。

「友里さんには申し訳ないけど、ぼくもちょっとどうかと思うなあ。あの男がうろついていない保証はないでしょ。凶器持ってるし——やっぱり、もう少しようすをみようよ。暗くなれば、向こうからも見えなくなるわけだし」

わたしは、はじめから誰かに押しつけるつもりはなかった。「わたしが行ってもいいです」と続けようとしたところを、昌枝にさえぎられたのだ。それに、もうひとつ気になることがあった。

「どなたか、きょうの月齢を知りませんか？」

「月齢？」

「ええ。月の満ち欠けのことです」

急に何を言いだすのか、と問いたげな顔を、順番に見回す。夕立はやがて止み、雲は晴れるだろう。そのときもしも満月が出れば、なんとか歩くぐらいの明るさは確保されるかもしれない。

「検索すればすぐわかると思うけど、電波来ないし」純が残念そうに首を振った。

「もし月が出なければ、真の闇の中を、明日の朝までここで過ごすことになります。もしくは、さっき道をたずねた駐在さんが、わたしたちが戻ってこないことを不審に思って見に来てくれる奇跡に期待するか」

「そう、それそれ、それに期待しよう」純が親指を立てた。

「来るって保証があるか」哲夫が睨む。

「だったらどうしろと……」

「わたしが行きます」

とうとう言ってしまった。

つまらない口論にいらいらしていた。もちろん行くのは怖いが、ここでぐずぐずと言い争いをしながら一晩明かすなど、もっと嫌だ。

ちょっと待って、と声をあげたのは哲夫だ。待ってと言ったものの、あごのあたりをつまんで考え込んでいる。

「なんだよ、どうするんだよ」

純の催促に、哲夫がようやく決心がついたように顔をあげた。

「たしかに、車まで行くしかないかもしれない。ここで夜を明かすのはかなりきついだろう。夜になれば野生動物だって出てくるかもしれない」

玲美が、やだそれは絶対やだ虫もやだ、と足を踏みならした。哲夫は無視して先を続ける。

「――たとえば、ひとりが用心しながら車まで行って、橋のところまで運転してくる。戸板で浩樹を運んで、車に乗せる。Uターンは無理そうだからバックで戻る。電波の通じるところまで戻ったら警察に連絡する。あるいは直接駐在所に駆け込む。この際、多少は車のボディに傷がついてもしかたない。いいよな、純」

純が、まあしょうがない、父親には謝っとく、と答えた。

「やってみる価値はあるんじゃない？」玲美がしきりにうなずく。

「問題は誰が車を取りに行くかだ」哲夫が腕を組んだ。

「おれはやだな」純が手のひらを振る。

「おまえんちの車じゃないか」

「だからこそ、ほかのやつが行けよ。まだそのへんにいるかもしれないし」

「傲慢なやつだな」哲夫が純を睨む。

わたしは手をあげた。

「わたし、ひとりでもかまいません。ただし、ほとんどペーパードライバーなので、山道は自信がないから、一番近い民家か駐在所まで走ります」

昌枝がぷっと噴いた。

「なんだ、偉そうに言うから運転に自信があるのかと思った。ようするに、自分ひとりで逃げるってことじゃない」

さすがに、腹が立ってきた。この状況下だから内輪もめはやめて力を合わせようと我慢しているのに、さっきから言いたい放題だ。

「それなら、ご自分で……」

昌枝に抗議しかけたとき、玲美が割って入った。

「純君はやっぱり口ばっかりか。いざというときに、人間の本性が出るわね」

「そんなこと言ったって――」純が口を尖らせる。

友里さんがひとりで行くって言ってるのに。うちの男子は……」

「わかった、わかった。おれが行く。友里さんは残ってください」哲夫が名乗り出た。

「でも、わたしが言いだしたことですから。必ず、助けを呼びますから」

「この際、哲夫隊長にまかせちゃいましょうよ」純の表情が明るくなった。

哲夫がわたしの目を見て言った。

「ひとりで行きます。はっきり言うと、友里さんが一緒だと、足手まといになる可能性があります」

たしかに、その点は否定できない。哲夫は続けて皆の顔を順に見た。

「それから、これだけははっきり言っておく。計画どおりにいったならば、戻ってくる。しかし、もしも途中であいつと鉢合わせしたら、おれはまずは逃げる。川に飛び込むか、森に逃げ込むかはそのとき判断して決める。だから、結果的に自分だけ村まで行くことになるかもしれない。だけど、必ず助けを呼んでくる。そして」

ここで一旦ことばを止め、効果を狙うように純と玲美の顔を交互に見た。

「――もし助かったら、これは大きな貸しだからな」

「わかりました。期待して待ってますよ。隊長殿」純がうなずいた。

哲夫はもう一度念を押すようにうなずくと、大粒の雨が落ちてくる黒い空をひと睨みして、ぬかるみの中へ走りだした。あっというまにシャツにしみができ、すぐにずぶ濡れになった。

もうっと煙るような雨の中に、やがて哲夫の姿は見えなくなった。

10

「さすが玲美先生。男のあしらいがうまいね」

哲夫が見えなくなってすぐ、純が親指を立てた。玲美は腕を組んで自慢げな笑顔を見せた。すっかり化粧を落としてしまったが、それでも充分に美しい顔立ちだった。

「ああいえば、見栄っ張りの哲夫が行くと思った。〝隊長〟の名が泣くからね」

「ドッキリは、邪魔が入って中途半端だったしな」

純がこちらを向いて、さっきはすみません、と詫びた。

「友里さんまで驚かせちゃって。ターゲットは、あくまで哲夫ひとりだったんです。ふだん、偉そうに威張ってるから、『腰を抜かした隊長殿』ってタイトルで動画をアップしてやろうと思って立てた企画です。でも、事前に知られたくないから、ほかの人にも黙っていました」

「哲夫さんひとりをだますために、わざわざあんな準備を？」

「ま、そういうことです。でも、あれだけみんなに驚いてもらえたから、持ってきた甲斐があった。な、玲美」

「うまく撮れたんでしょ」

「撮れた撮れた。友里さんも見てみます？」

「いまは結構です」

玲美がいつのまにくわえたのか、煙草に火をつけて、ふうっと吹き上げた。

「あいつ、威張ってるだけじゃなくて、いやらしいのよ、目が。フィットした服なんか着ていると、じっとりへばりつく感じ」

「見られて、ほんとは喜んでるんじゃないの」昌枝がぼそっと言う。

「どういう意味？」玲美が睨む。

「まあまあ、内輪もめはこの際延期しようよ」

「わたし、なんだかおなかすいてきちゃった」玲美がバッグをごそごそやる。

「まさか、足止め食うなんて思ってないから、なんにも持ってきてないぜ」純が肩をすくめた。

「これ、よかったらどうぞ」

リュックに忍ばせてきた、シリアルバーを玲美に渡した。一本しかないのだが、放っておくといつまでも「おなかがすいた」と言い続けそうな気がしたからだ。

「あ、ありがとう。嬉しい」

玲美は両手を合わせて拝んでから、地面に捨てた煙草を足で踏み消し、さっそく袋から出してかじりついた。

わたしは、ときどきかすかに動く浩樹のようすを見ながら、いまはっきりと、この旅行に参加したことを後悔していた。

さんざん、あの暴漢が戻ってくるかもしれないと言っていたのに、哲夫ひとりに行かせて、なんとなくそれで問題が解決したような雰囲気になっている。

同じゼミではあるが、学年が違ってこの人たちとはあまり接点がなかった。たとえあったとしても友達づきあいはできなかっただろうという気持ちになってきた。いずれ、何か社会的な騒ぎになるような問題を起こして、顧問である泉蓮教授の名に傷がつかなければよいがと心配にさえなる。このようすだと、今回の旅行にもその危険性があるという気がしてならない。

いずれにせよ、この旅行が終われば、もうこの人たちと行動を共にすることはないだろう。できることなら顧問から身を引かれたほうがいいですよ、と泉教授に進言してみようか。

雨がざんざん降りだ。気温も少し下がってきたようだ。

相手にすると疲れる人たちだが、ここから抜け出すまではとりあえず同志だ。さっきからずっと考えていたことを切りだしてみた。

「わたし、思ったんですけど」

「なにをです?」

玲美からシリアルバーをひとかけらもらった純が、指先をぬぐったティッシュをぽいと捨てた。

「さっきの男のことですけど……」

純が、わたしのことばをさえぎるように、一方を指差した。

「ちょっと待って。――あれ、哲夫かな」

見れば、誰かがつんのめるようにして走っている。暗いし距離があるので確信はもてないが、たしかに哲夫のようだ。一目散にこちらへ走ってくる。

「やだ、もう戻ってきた」

「あいつ、なにあわててるんだ」

「……げろ」哲夫は、走りながらも何か叫んでいる。

「おい、なんだかやばそうだぜ」

「逃げろっ」こんどははっきり聞こえた。

喉から悲鳴が飛び出しそうになった。

哲夫の後を追うようにして現れたのは、上から下まで真っ白い服を着た、大柄な人間だ。大股で哲夫を追っている。つまり、こちらへやってくる。風にはためいて、フードがめくれ顔が見えた。おそらく、浩樹を殴ったあの男だ。

やはり、戻ってきた。いや、そもそも立ち去っていなかったのだ。

車に積んだ荷物を取りに戻っただけらしい。それに、白い服と思ったのは、どうやら雨ガッパのようだ。

男の手には、浩樹を殴った特殊警棒らしき物とは、また違う物が握られている。

あれはなんだろう。逃げなければと気は急くが、男が手にしている物の正体が気になった。三十センチほどの木の棒の先に、雨に濡れた金属が鈍く光っているのが見える。

あれは――。

なんということだ。男が手にしているのは斧だ。玲美たちがいたずらで使ったものとは、あきらかに質感が違う。

胃が収縮して吐き気がした。

「やばい。逃げるぞ」

「どっちへ」

「とにかく、こっちだ」

そう言うなり、純は家の裏手のほうへさっさと走りだした。

「あ、ちょっと待って」玲美があとを追う。

無言のまま、昌枝も後を追っていった。

「みんな――」

わたしは、走り去って行く三人の背中と、まだ気絶したままの浩樹と、ぬかるみに足をとられて全身泥まみれになりながら逃げる哲夫とを、順に見た。

どうすればいいのか、とっさには判断がつかない。

白いカッパの男は、走りはしないが大股で、哲夫のあとを追っている。わたしたちのことは見えているだろうか。いったい、あの斧でどうするつもりなのか。

哲夫に向かって、なんとか逃げて、と心の中で叫んだとき、それを合図にしたかのように哲夫がつんのめるように倒れた。

わたしは、自分でも気づかないうちに叫んでいた。

「やめて。やめてください」

男が足を止め、顔をこちらに向けたようだ。この雨と薄暗がりの中で、わたしの姿は男からどの程度見えているだろう。

「お願いです」もういちど懇願する。

男は、こちらに向かって一歩踏み出した。あきらかに尋常ではない。

足から力が抜けそうになる。

逃げたい。しかし、意識のない浩樹を見殺しにしていいのか――。

情けないが、恐怖が勝った。

浩樹に心の中で詫び、そのままにして皆のあとを追って走りだした。これではもう誰のことも、身勝手だとなじれない。

すぐに全身ずぶ濡れになった。三歩目でいきなり転んだ。顔に泥水がかかる。口に入る。ぬかるみに手をついて立ち上がろうとするが膝(ひざ)に力が入らない。

しっかりして――。

自分を鼓舞する。

腰を抜かしている場合じゃないでしょ——。

後ろを振り返らずに走った。まだ死にたくない、こんなところで死にたくない、その気持ちが、もつれそうな足を交互に押し出した。

何かがちりんちりんと鳴っている。わたしの腰のあたりで鳴っている。

熊よけの鈴だった。こんなものをつけていては、居場所を教えているようなものだ。あわてて外そうとするが、濡れているうえにあせっているので、うまくいかない。しかたなく、ひものあたりをつかんで力任せに引っ張った。

ぶつっと鈍い音をたてて、ジーンズのベルト通しがちぎれた。

わたしは、思い出の詰まった鈴を泥の上に捨てた。

11

家の裏に回ると、先に逃げた三人がいない。

すぐに周囲を捜す。完全に日は山の陰に落ちて、集落はすっかり暗くなった。そのうえ激しく雨が降るので、まったくといっていいほど見通しはきかない。どうにか、昌枝らしき後ろ姿が、もう一軒山寄りの家の裏側に回り込む瞬間が見えた。

わたしも同じ家を目指して走る。

彼らと行動を共にするかしないかということより、今いるこの場所では、見つかってしまう可能性が大きい。逃げると決めたからにはなるべく遠ざからないと。

両手で、びしょ濡れになった顔を素早く二度ぬぐってから、走りだす。すべる。踏ん張る。すぐにまた、何かにつまずいて転びそうになる。視界も悪い。激しい雨と暗さで、ほとんど何も見えないのと一緒だ。雑草が足にからみつき、石や枯れ枝にバランスを崩し、思うように進めない。

さらに二度手をつき、体じゅうぐしょぐしょの泥まみれになって、なんとか北側の家の角を回り込むと、雨をよけて壁にへばりつくように立つ三人をみつけた。

かなり暗いが、ぼんやりと識別はできる。

純がわたしを見て、小さくうなずいた。歓迎しているわけでも、嫌がっているのでもなさそうだ。玲美は心がどこかに浮遊してしまったように無反応だ。昌枝がわたしを睨む双眸は、それ自体が発光体であるかのように白く浮かび上がっている。

わたしは誰に向けたわけでもないが、小さく会釈をし、やはり雨をよけて壁に身を寄せた。

純が、わたしに場所を入れ替わるように身振りで示した。指示に従うと、純は壁にはりつくようにして端から顔だけをのぞかせてようすをうかがい、すぐにちっと舌打ちした。

「ここからじゃよく見えない」恐怖といらつきが混じった声だ。

「こっちに来そう？」玲美がせっつくようにたずねる。

「だから見えないよ。暗いし、雨がすごいし」

「逃げるところを見られたかな」

玲美の問いに、昌枝が答えた。

「たぶん見られた。その人が、わざわざ少し遅れてついてきたからね。まるで、こっちですって案内するみたいに」

『その人』とはもちろんわたしのことだ。

「すみません」素直にわびた。

「ねえ、どっちへ行ったかわからない？」

「だから見えないんだよ。自分で見てみろよ」純の声がいらついている。

玲美が「だったらいい」と不満げにもらした。

「帰ったってことはないかな。いやそんなに甘くないよな」

純が自問自答する。わたしも同感だ。

あの男は、一度帰ってから気が変わってまたやってきたわけではない。わざわざ斧と白いカッパを取りに戻ったのだ。何のために？　もちろん、雨の中で薪割りをするためではないはずだ。

『乙霧村の惨劇』のクライマックスシーンは、諳んじるほどに読み返した。だから、「斧」や「白いカッパ」という単語にどうしても過敏に反応してしまう。犯人の稔は斧で頭を割られて絶命しており、貴一郎の息子、隆敏は、白いカッパを血と泥に染めて死亡していた。偶然の一致と考えるほうが無理がある。なにしろここは〝乙霧村〟なのだ。

　玲美には冷たく言いながらも、やはり心配なのだろう、ちょこちょことのぞいてようすを探っていた純の声が緊張した。

「いた。いたぞ」

　あわてて顔をひっこめる。声をひそめて続ける。

「あっちの家の端っこから、ちらっと白いカッパが見えた。あいつだ」

『あっちの家』とは、すぐ目の前にある、浩樹を寝かせた家のことだ。あの男が、浩樹の存在に気づいていないことを願う。

「やだあ、こっちに来るよきっと。早く逃げよう」玲美が純の腕をつかんでゆする。

「声がでかい。パニック起こすな」

「哲夫さんはどうしたんでしょう？」

　わたしの問いに、純が首を振った。

「わからない。ここからだと、ほかの家が邪魔でよく見えない。家がなくても、この雨と暗さじゃ無理だ」

「逃げたよ、きっと」

　そんな玲美の楽観論を、昌枝があっさり覆した。

「あるいは、死んだか」

純が、昌枝の発言は無視して、今後の方針について語った。

「哲夫がどうなったかは、この際気にしてもしかたない。どうせおれたちにはなんにもできない。浩樹のことも今は同様だ。自分の身は自分で守ろう。つまり、ここに隠れているか、どっかへ移動するかだ。みんなはどう思う？　あいつはこの家に来るかもしれない。来ないかもしれない。動けば見つかる危険もある」

わたしが、真っ先に答えた。

「逃げたほうがいいと思います」

そう考える理由を簡単に説明した。

わたしたちはいま、集落の西のはずれにいる。かまぼこの断面図でいうと、左端だ。この場所から崖、つまりかまぼこの紅いへりに沿って時計回りに逃げるのだ。松浦家の蔵、母屋、納屋などの裏から裏へと伝って、反対の東側へ遠ざかることができる。狭い土地ではあるが、この視界の悪さなら、見つからない可能性が高い。

そこまで行けたなら、天然の逆茂木地帯ともいえるあの茂みへもたどりつけるだろう。暗がりで危険ではあるが、茂みに沿って進めば、橋へ続く道が見つかるはずだ。

浩樹と哲夫のことは気になるが、立ち向かうすべがない以上、一刻も早く助けを求めに行くことが先決だ。

「そうだ、それがいい」はたして、純はすぐに賛同した。

昌枝と玲美の反応がない。わたしは自分の考えを続ける。

「多数決で全員同じ行動をとる必要はないと思います。緊急事態ですから、自分が最善だと思う方向へ動きましょう」

「おれは友里さんの案に乗った」

純が即答する。よほど気に入ってくれたらしい。脇で玲美が口を尖らせた。

「わたしが走るの得意じゃないの知ってるでしょ。もし、転んだりしたところを見つかったらどうするの」

ほとんどべそをかきながら、しきりに手のひらでバッグを拭っている。それで気づいたが、せっかくのおしゃれなバッグが、ぐしょぐしょに濡れ、泥だらけになっているようだ。

「ここにいたって、見つかるかもしれない」純が答える。

このやり取りのあいだに、わたしも壁の端から自分の目でたしかめてみた。

白いカッパは見えない。この悪条件下でも、全身真っ白な姿はさすがに浮かび上がって見えるはずだ。

浩樹を寝かせた縁側は、こちらから見れば反対側にあるため、ようすはまったくわからない。あの男は、斧で浩樹の体に何かしているのだろうか。嫌だ。そんなことは考えたくない。それから、哲夫はどうなった？　まさか——。そのとき、浩樹を寝かせたあたりがぼうっと明るくなった。

「光った。光りました」声を抑えて報告する。

「どこ」純が、わたしにへばりつくようにしてのぞいた。

「家の向こう側です。縁側のあるほう」

「浩樹を寝かせたあたり？」

「はい」

純がさらに首を伸ばした。

「光ってないよ」

「少しだけ光って、すぐに消えたんです」

純はのぞくのをやめた。

「斧を持ってるぐらいだから、懐中電灯があっても不思議はない」

「ねえ、そんなことに納得してないで、早く逃げようよ」玲美が純の腕をゆする。

「なんだよ。たったいま、自分で『走れない』って言っただろう」

「『得意じゃない』って言っただけ」

わたしが割って入った。

「とにかく、ひとまず松浦家まで行きましょう。まずは蔵、そのあと母屋の裏までは、問題なく行けると思います。母屋にたどりついたら、さらに先へ行くかどうか、もう一度そこで考えませんか。この場所は中途半端過ぎます」

反対する者はいなかった。

「よし、まずおれが行く」

そう言うなり、真っ先に純が飛び出した。さんざんぶつぶつ言っていたが、玲美、昌枝、の順に素早くついていく。結局、またわたしが最後になった。

気持ちとしては全力疾走したい。しかしこの状況下では、難しそうだ。四人が縦に並んで早歩き程度の速度で進む。

空は暗いが、真の闇ではない。うっすらと物の形はわかる。しかし足もとの状態などはほとんどわからない。

さらに、もともと道らしき道もなかったのだろう。放置されたままの庭石や鉢、それに無秩序に植わっている樹木の切り株などにつまずいたり、ぎりぎりのところでよけたりしながら一歩ずつ進む。ときどき、誰かがすべって転ぶ。純と玲美はすぐに声でわかるし、まったく無言なのは昌枝だ。

距離はどのぐらいか。この状況下でははっきりとわからない。いくら狭い土地とはいえ、都会の一戸建てのお隣さん、というほどに近くはない。

濡(ぬ)れたジーンズが足にへばりつく。これが思った以上に障害だった。いっそ脱いでしまおうかと思うほどだ。

雨に打たれ、何度も転び、全員がぐしょぐしょの泥だらけになって、ようやく松浦家の蔵までたどり着いた。肩で息をしながら漆喰(しっくい)の壁に手をあてて先へと進む。

とりあえずの目的地に着いたという気の緩みがあったのかもしれない。わたしは左足で何かを踏みつけ、大きくよろけた。踏んばった右足首に痛みが走る。思わず踏み出した左足が、こんどはぬかるみにはまり、また転んだ。とっさについた手もすべり、ほとんど大の字に倒れてしまった。口の中にまで泥水が入った。全身ずぶ濡れ泥まみれだ。

落胆している場合ではない。口に入った泥と砂粒を吐き出し、すぐに立ち上がる。

蔵の壁に手をつき、体を支えるようにした。ひねった右足首に痛みが走る。その事実を認めたくなくて、意識から痛みを切り離し、どうにか蔵の裏側に回った。

雨で手についた汚れを洗い、ついでに顔の泥も流した。天然のシャワーだ。どうせ体はびしょ濡れだ。

純がすかさず、建物の端から片目だけのぞかせてようすをうかがう。

「ついてこないぞ。逃げ切れたかもしれない」

「ねえ、この先どうする？」

玲美が純の腕をつつく。一拍おいて純が答える。

「とりあえず、予定どおり母屋の裏へ回ろう」

反対する者はいない。

さきほどと同じ順番で前進した。右足首に痛みが走る。やってしまったな、という思いが湧いた。二年前に、かなりひどい捻挫をした。とりあえず完治はしたのだが、同じ場所を痛めたらしい。捻挫は癖になると聞いたことがある。

痛む足をかばい、引きずるように歩くのでますます進みづらい。

ようやく、松浦家の母屋の裏手に回ることができた。

裏手であるにもかかわらず、ひさしが一メートル近く延びているので、雨がしのげるのがありがたい。これ以上体温を奪われるのを防げる。

壁に寄りかかり、息を整える。すぐ目の前に迫る岩肌を流れ落ちる水が、かすかに光を反射している。時刻はどのぐらいだろう。やはり、ごくわずかな雲の隙間から残光が差しているらしい。幻想的な光景に、一瞬これは夢を見ているのではないかと思いそうになる。

今わたしたちが身を寄せている壁から崖までは、ほんの二メートルほどしかなさそうだ。小さくきらきらと光る流れを見ていると、夢の中へ吸い込まれていきそうな錯覚を抱く。

地面には、いろいろな物が転がっているようだ。おそらく、薪にする丸太だとか、使わなくなった植木鉢などだろう。

純が壁に背中をあずけたまま、ずるずると腰を下ろした。皆も、横一列に並んでその場にしゃがみ込む。あらゆる物を叩く雨の音しか聞こえない。

「あいつは何者なんだ」純がぼそっともらす。「どうして、あんなに怒ってる」

誰も答えないのでわたしが口を開いた。

「最初は、勝手に家にあがったことに腹を立てたみたいでしたけど、玲美さんの頭に突き刺さっていた斧を見て逆上したように感じました」

「わたしのせい？」

「起きたことを確認したいだけです。――男は、そのあと自分の斧を持ってきましたし、斧になにか意味があるのかもしれません」

やはりどうしても〝戸川稔説〟は口に出せない。あまりに現実離れしている。

「それに、雨が降るとどうしたとか叫んでたな」

「あいつが来る、とかそんなことを言ってましたね」

「〝あいつ〟って誰だ？　誰が来るんだろう。あの男より怖い男か。だとしたら、それはもはや人間じゃないだろ」

「ちょっとやめてよ、純」玲美が抗議する。

「いまごろ、浩樹にとどめ刺してるんじゃないだろうな」

「やめてってば」

「やめたって、事実は変えられない」

「いじわるばっかり言ってないで、なんとかしてよ」

純は、駄々っ子のように自分のシャツを引っ張る玲美の手を外した。

「この家の中に入れないかな。正直、へとへとだ」

わたしも同感だった。体力を使い果たしてしまった気がする。ソファに座りたい、シャワーを浴びたい、寝転がりたい、家に帰りたい、あたたかい味噌汁が飲みたい。

純が裏口のドアを探し当てた。ドアノブをがちゃがちゃと回しているが開かないようだ。

「だめだ。鍵がかかってる」

「じゃあ、どうするのよ」

「なあ玲美さん。おれに『どうする、どうする』ばっかり聞かないでくれませんか。おれは神様じゃないし」

「だって……」

「友里さんの言うように、もっと先の東側まで逃げるか。一応雨はしのげそうだから、しばらくここでようすをみるか」

たしかに、最低限雨はしのげるが、やはり肌寒い。

黒い空を見上げた。まだ雨雲は去っていないようだ。これほど激しい夕立なら、そう長くは降り続かないと思うのだが、最近は異常気象が多いので、断言はできない。

「ねえ、純、おとりになってよ」

玲美がいきなりそんなことを言いだした。

「なに?」純が驚いた声で聞き返す。「なんか言ったか」

「こんどあいつが現れたら、哲夫隊長みたいにひとりで走っていって、あの男を引きつけてよ」

「べつに哲夫は引きつけたわけじゃないだろ。ドジ踏んで、たまたまそうなっただけだろ。――それに、なんでおれなんだよ」

「だって、このままじゃ、みんなまとめて捕まるじゃない」

「おれは捕まってもいいのかよ」

「純が言いだした旅行だし」

「そんなこと、いま関係ないだろ」

「おとりになるのは、べつに純君でなくてもいいんじゃない。さっき志願した人もいることだし」

昌枝が割り込んだ。誰のことを指しているのか聞くまでもない。皆の攻撃がわたしに集中する覚悟もしたが、幸いほかのふたりは昌枝を相手にしなかった。玲美が話の続きに戻る。

「じゃあ、じゃあ、こう考えれば？　この中では純が一番足が速いでしょ。だから、ダッシュで車のところまで逃げればいいのよ。そうしたら、あの男の注意がそっちに行くから、そのあいだにわたしたちが反対側に逃げる」

「だから、それを『おとり』って言うの」

「違うよ。そうすれば純も助けを呼びに行けるでしょ。この三人の中でひとりだけ男じゃない」

「こんなときばっかり優先するなよ。レディファーストってことばもあるぜ」

しかしわたしは、玲美の言い分にも、たしかに一理ある、と思っていた。

全員かたまって逃げるより、そのほうが合理的な気がする。純は運動神経も抜群なのだと聞いた。ならば、一縷（いちる）の望みはありそうだ。

ただ、だから純さん行ってください、とは言えない。ドッグレースのウサギ役になるかもしれないのだ。ここはもう少し相手の出方を見てもいいのではないかとも思う。あの男が哲夫を襲ってからいくらか時間も経った。雨にあたって、いまごろは文字どおり頭が冷えたかもしれない。そのことを説明してみた。

「──だからもう少しだけ、ようすを見ませんか」

誰も答えない。しかし、結論が出ないことで結果的にわたしの言い分が通った。

「それにしても、マジであいつは誰だ」

純の口ぶりがいらついている。ひと息ついたことで、恐怖の隙間から腹立たしさが頭をもたげたらしい。

「斧(おの)持ってくるとか、ありえない。こんなとこ、来るんじゃなかった」玲美が小さく身震いした。

「あいつ、まさか──」

途中まで言いかけた純が、自分の考えに驚いたように、急にことばを止めた。

「なによ、途中でやめたら気になるじゃない」

「ちょっとばかなこと考えた」

「だからなによ」

「あいつ、戸川じゃないよな」

「戸川？　戸川ってなによ──」

玲美は、すぐには思い出せないらしい。一度つばを呑み込んで、わたしが代わりに答えた。

「戸川稔のことですね」

「そう、あの『乙霧村の惨劇』の殺人鬼だよ」

しばらく、雨粒と岩肌を伝い落ちる水の音しか聞こえない沈黙が続いたあと、最初に口を開いたのは玲美だった。

「だって、だって、たしかあのとき死んだんじゃない？」

「死んでなかったとか」

冗談で言っているようには聞こえなかった。

「親族かもしれない」昌枝がつぶやく。

「弟か？」純がめずらしく昌枝に反応した。

「息子かも」

とっさに計算した。

あのとき、稔は何歳だった？　たしか、三十二歳だったはずだ。さっきの男の年齢は不詳だが、少なくとも三十歳は超えているだろう。仮に稔の息子だとすれば、彼が二十歳前後でもうけた子どもということになる。ありえなくはない。

「そのへんのこと、泉教授の本に書いてなかった？」

玲美の疑問にわたしが答えた。

「死んだ母親以外の血縁についてはなにも書いてないです。稔の母は、いまでいうシングルマザーです。あとがきにも《可能な限りのつてを使って調べたが、実の父親が誰かはわからなかった》とありました」

「従弟ってこともある」

昌枝がもっと可能性の高そうなことを言ったが、誰も耳を貸そうとしない。

「いまはそんなことどうでもいいな」

自分が言いだしたくせに、純がめんどうくさそうに言った。この場所に逃げ込んだときから、純は貧乏ゆすりをはじめたが、それがだんだん激しくなってきた。

「あ、ばか。なにやってんだ」

純があわてて玲美の手から何かを奪い取った。ぼうっと光っている。スマートフォンの待ち受け画面を立ち上げたらしい。

「だって、電波来てないかと思って」

「さっき来てなかっただろ。光ったらあいつに気づかれるじゃないか」

「そんなこと言ったって……」

とうとう純が、くそっと吐き捨てるように言った。

「我慢の限界だ。わかった。おれが先に飛び出す。こんなところで体中泥水まみれのまま隠れてるのはもうたくさんだ。──全力で走れば追いつかれない自信がある」

「だから、最初からそう言ってるじゃない」

玲美が責めるように言うが、純は無視した。

「おれは、あてもなく逃げ回るつもりはない。一点突破でさっきの橋を渡る。そして全力で車を停めたところまで走る」

「でも、暗いよ」

「よく見ると、空と建物の黒さに差がある。それに、雨粒が当たる音がするから、そこになにかあるのがわかる。森もたぶん同じだ。いや、前に雨の日に林の中を歩いたことがある。雨粒が葉に当たって、うるさいぐらいに音がしてた。注意すればなんとかなると思う」

たしかに、いまこの場にいても近くの樹木に落ちる雨の音がかなりうるさく聞こえている。

「でも、さっき哲夫がキーを持っていかなかった?」

「予備がある。念のため持ってきた」

そういえば、浩樹がそんなことを言っていた。

「やるじゃない。それですぐに迎えに来てよ」

「だめだ。助けを呼ぶのが先だ」

「どういうこと?」

「こっちに戻らずに、助けを呼びに行く」

「何よそれ。自分だけずるくない？」

玲美が口を尖らせて抗議する。純は少しの沈黙のあと静かに言った。

「だったら、役を譲ってもいいぜ」

指につまんだ車のキーを目の前で揺らす。

「いじわるね。——わかった。待ってるから、なるべく早く」

「じゃあ、そういうことで」

飛び出す前に壁の陰からそっとようすをうかがった純が、はじかれたように飛び退いた。

「どうしたのよ」

「だめだ」声がおびえている。

「なにがだめなのよ」

「あいつだ」

「うそ」

「白いやつがいる。あいつに違いない。こっちへ来る。これじゃ、飛び出せない」

「さっき、全力で走れば追いつかれないって言ったじゃない」

「この位置関係じゃ無理だ。どうやったって、橋にたどりつく途中で捕まる」

「なによそれ」

せっかくの希望の灯を吹き消されて、玲美は泣きだしそうだ。

「こっちへ来るのはきっと偶然じゃない。このあたりに隠れていることがばれたんだ。玲美がぎゃあぎゃあ騒ぐからだ。ここはまずいぞ。行き止まりで逃げ場がない。おれはひとまず、向こうの納屋の裏に隠れる」

そう言うなり、皆の意見を待たず、純は東側に建つ納屋の裏を目指して出ていった。

「待って」玲美がすぐにあとを追う。

わたしは、自分の目でたしかめた。

たしかに、あの男だ。白いカッパが雨粒をはね飛ばしている姿が、暗闇の中にぼうっと浮かび上がる。だが、純が言うようにこちらを目指しているわけではなさそうだ。睨みをきかせながらゆっくり徘徊しているという雰囲気だ。まさに、獲物を探す獣のように。いま飛び出せばまんまと餌食になるだろう。

純たちが移動した気配には気づいていないらしい。

昌枝もすぐにあとを追うかと思っていたら、ふたりの逃げた方向を睨んでいるだけだ。何か考えがあるのか。玲美と一緒では見つかりやすいと思ったのかもしれない。

わたしも壁に背をあずけ、考えた。

頭を働かせるのだ。この先、どうすればいい？　武器はない。通信手段もない。おまけにいまのわたしの足なら、幼稚園児と競走しても負けるだろう。

いったいどうしたら生き残れる？

そのとき、雨音のカーテンを突き抜けて、金属の音が響いてきた。

12

がらんがらん。

バケツか洗面器のようなものを蹴飛ばした音に聞こえた。

方向はまさに松浦家の納屋の裏手あたり。純か玲美がたてたに違いない。

そっとのぞいてみる。白いカッパの男が、音のした方向へ大股で歩いていく。手には斧を持ったままだ。こちらへ向かってくるのでもないのに、心臓が高鳴る。

もしも純と玲美があそこに潜んでいるなら、生きた心地はしないだろう。

ひとごとではない。わたしたちだって、いまいる場所は袋の鼠も一緒だ。この状況下では恨みっこなしで、それぞれベストを尽くすだけだ。ふたりには申し訳ないが、これはチャンスかもしれない。

身を低く、目立たない姿勢をとって遠ざかろう。計画を変更し、もと来た方向へ戻るのだ。どんなルートだろうとかまわない。とにかく、この場所から誰かひとりだけでも逃げださなければ。そして助けを呼ばなければ。

身を隠すため、背の高い雑草が茂っていそうなあたりへ歩きかけた。

「どうするつもり」

昌枝の声に、足が止まった。こんなときにかぎって話しかけてくる。しかたなく、計画を説明する。

「わたしが、さっきの純さんの作戦を代行してみます。ただし、予定とは逆に反時計回りで、橋を渡って助けを呼んできます」

「あなた、足が痛むんじゃないの」

気づいていたらしい。

「全力疾走はできませんけど、なんとかなりますから」

「じゃあ、お好きに」

そっけない答えが返ってきた。

もちろん、好きにさせてもらう。さっさとこの場から逃げだしたいのと同じぐらい、彼女とはこれ以上会話をしたくない。

一歩踏み出す前に、空を見上げた。雨が小降りになってきた気がする。いや、気のせいではない。たしかに、雨脚がいくぶん弱まった。なんとなく、明るい兆しに感じる。

相変わらずあたりは暗いが、真の闇ではない。すぐ前の家、そして浩樹を寝かせた家の形がぼんやりと見える。これなら、橋の手前の茂みまでたどりつけそうだ。

自分の恰好(かっこう)を見た。

ポロシャツもジーンズも、どちらもぐっしょりと濡(ぬ)れて泥まみれだ。闇にまぎれるにはうってつけの恰好だ。昔見たアクション映画の主人公をまねて、顔にも泥をなすりつけようかと思ったが、やめておいた。たぶん、すでに汚れている。

ゴー！　心の中で自分に声をかけた。

右足首が痛む。

ただ、そのおかげで走ることができずに、かえってよかったかもしれない。あわてれば、何かを蹴飛ばしたり派手に転んだりして、純たちの二の舞だ。

腰をかがめ、足元に注意を払い、背の高い雑草や樹木の陰を伝って進む。まずはすぐ斜め前の家だ。途中、立ち止まって納屋のほうを見た。白い姿はない。もちろん、純たちの姿も見えない。

再び前進する。なんとかたどりついた。すかさず壁の端からうかがう。

いた。こんどは見えた。

白いカッパを着た男が、松浦家の納屋の前に立ち、中をライトで照らしている。あのふたりがまだあそこに潜んでいないことを願う。そう、いまのわたしには願うことしかできない。

自分の進路に意識を戻し、行く手に視線を向けた。目の前に、浩樹を寝かせた家の黒い影がある。

問題は、この家を、右から回るか左から回るかだ。

崖に面した右側からぐるっと回り込むほうが、男からは死角になって安全だし、縁側に寝かせた浩樹のようすを垣間見ることができるかもしれない。ただし、遠回りになる。

地面の状態も悪そうだ。

一方、家の左側を抜けるほうが、橋へ向かうには近道だ。ただし、男とのあいだに、あまり視界をさえぎるものがない。運が悪ければ見つかる危険もある。

わたしは左のルートを選んだ。姿勢を低くし、物音に気をつければ、なんとか行けると信じるしかない。浩樹のようすも気になるが、いまは助けを求めるのが優先だ。それに何より、足が痛むので距離は短いほどいい。

もう一度自分に気合いを入れ、朽ちて倒れている竹組みの垣根を踏まないようにして庭を横切っていく。とりあえずは、集落の真ん中にある家が遮蔽物になってくれている。

右、左、右、左、二人三脚のように一歩ずつ意識し、着実に歩を進める。

とにかく、ぬかるんだ地面がすべる。しかも平らに整地などされていない。走っているわけでもないのに〝こけつまろびつ〟という感じだ。

もうすぐ、何もない空き地に出る。角度によっては、男との間に遮蔽物がまったくなくなる。速度を緩め、腰を折り、ときおり納屋の方向をたしかめながら進む。

開けた場所に出た。ここへ着いたときには、ずいぶん狭い土地だと思ったが、いまはまるで国立競技場のように広く感じる。身を隠す場所がない。その場にしゃがみ込みたい衝動にかられた。松浦家があると思われる方向を睨み、目をこらす。おそらくあれが松浦家の納屋だろうと思われるシルエットがあるが、断定はできない。人工的な明かりや動きの気配もない。それはそれで気味が悪い。

前進を再開する。

いまにも、後ろから首根っこを、ぐいとつかまれそうな気がする。

高い吊り橋に立ったときのような不安感に包まれながらも、縮こまりそうな足を動かす。ときおり枯れ枝を踏んで小さな音をたててしまうが、木の葉から滴り落ちるしずくの音にかき消されて、男の耳には届かないだろう。

進路の上方に視線を向ければ、例の天然逆茂木の茂みが、空との濃淡の差で識別できた。

もうすぐだ。このまままっすぐ。まっすぐ。もう少し――。

がらんがらんと、また派手な音が響き渡った。思わず首をすくめ、その場にしゃがんでしまった。せっかく体温近くまで温かくなったジーンズに、再び冷たい泥水がしみ込んでくる。

聞こえてきたのは、またしても松浦家のあたりからだ。積み上げた木材が、崩れるような音に聞こえた。

すぐそばに生えている柘植らしき木の幹に体を寄せ、納屋のある方向に視線を向ける。動くものは見えない。ライトもつけていない。何が起きているのだろう。

ひとつ深呼吸し、再び先へ進む。

雨がどんどん小降りになっていくのが、数少ない明るい兆しだ。

時刻を確認するため腕時計を見た。目をこらすと、針の位置が確認できた。六時四十分あたりを指している。おかしい。前回確認したときからほとんど時間が経っていない。さらに顔を押し付けるようにしてよく見れば、秒針が動いていない。

濡れたせいか、ぶつけたためかわからないが、壊れてしまったようだ。お気に入りのアンティークだったがしかたない。こんな場所で携帯電話を開いてたしかめる勇気はない。

おそらく、七時を少し回った頃ではないかと思うが、自信はない。ほとんど何も見えず、聞こえるのは雨音ばかりで、時間の感覚がつかめない。

いまは七月、雲さえ晴れれば、きっとまだほんのりと空は明るいはずだ。それだけでもずいぶん逃げやすくなる。仮に、無事に橋を渡ったとしても、まだ道半ばだ。その先の林道を、明かりもなしに進むのはかなり困難だと覚悟しなければならない。木々の間から空が見えれば、ずいぶん助けになるはずだ。それを期待して先へ進む。進むしかない。

いまのわたしの足の状態では、見つかれば最後だ。すぐに追いつかれてしまう。

足をかばいながら空き地をつっきる。雨に濡れて黒い木肌の切り株は、すぐ近くに行くまで気づかない。なんとかよけていたが、とうとうそのうちのひとつに足をとられてしりもちをついた。

立ち上がろうとして手をついたときに、折れた木の枝を見つけた。

しっかりとした感触の枝に体重をあずけて立ち上がった。折れない。丈夫そうだ。そのまま杖として使うことにした。足の痛みがいくぶん楽になった。

少し進んだところで、自分のものではない足音に気づいた。すぐ後ろからついてくる。全身の肌が粟立った。

誰かがつけている——。

喉から悲鳴が飛び出そうになるのをなんとかこらえて、枝を木刀のように両手で構え、素早く振り返った。

ぼんやりとした人影は、自分とあまり背丈が変わらない。少なくとも、白いカッパの男ではなさそうだ。

「誰？」押し殺した声で誰何する。

「だまって行きなさいよ」

昌枝の声だった。

何だかんだと理屈をこねていたが、けっきょくついてきたのか。勝手にしろという思いだ。

体の向きを戻し、再び進む。ようやく天然逆茂木の茂みにたどりついた。橋へ続くS字カーブの道を見つければ、その先はすぐに橋だ。

道はすぐに見つかった。茂みの裂け目のような小道、ここを進めばいい。しだいに運がこちらに向いてきたような気がしてきた。

へとへとに疲れていたが、足が勝手に動く。木々から張り出した小枝がときおり顔をひっかいては、小さくしかし鋭い痛みを残す。傷になっているかもしれないがかまっていられない。もうすぐだ。川の音が聞こえる。

危険であることに気づいて、いったん歩みを止めた。こんな暗がりで、しかも雨で増水した渓流に落ちたら、大げさでなく命にかかわる。

目と耳に意識を集中して橋の位置を確認しようとした。

ちょうどそのとき、ぐるる、と獣が喉を鳴らす声が聞こえた。

13

悲鳴は出なかった。

予想さえしなかった事態に、気が動転し過ぎていたというのもあるかもしれない。しかしそれよりも、あまりにいろいろなことが次から次へと起こって、叫び声をあげる回路が焼き切れてしまったというほうが正確かもしれない。

薄暗い中にぼんやりと、うなり声の正体が浮き上がった。犬だ。かなり大きく、がっしりした体形をしている。種類はわからない。頭を低くして、こちらをうかがっている。

こんなところになぜ？　まるで橋の番をしているようではないか。

決まっている。あの白いカッパの男が連れてきたのだ。

どうすればいいのかすぐに対応策が思い浮かばず、その場に突っ立っていると、いきなりどんと背中を押された。

「あっ」

短く叫び、踏ん張りきれずに二歩ほど前に出た。つまずいて、つんのめるように両手をついた。せっかく見つけた枝も落としてしまった。犬がさらに太くうなる。身を硬くし、頭をかばった。

犬の息づかいが聞こえる。いまにも飛びかかってきそうなほど興奮している。走って逃げても逃げきれるわけがない。そっと、あとずさるほうがまだ希望がありそうだ。

ついに、犬が跳ねる気配を感じた。同時に、この騒ぎがはじまってはじめて「これでほんとうに死ぬかもしれない」という思いが湧いた。しかし、ぶん、とロープの張る音がして、犬の足は届かなかった。

犬が悔しそうな声で吠える。

ロープにつながれている！

すぐに立ち上がり、あとずさる。背後の暗がりに立つ人物が、押し殺したような声で言った。

「早く行きなさいよ。自分でそう言ったんだから」昌枝だ。

その声に犬が反応した。再び飛びかかる気配と同時に、またもぶんというロープが伸びきる音、そして犬の腹立たしそうなうなり声――同じことが繰り返された。

どうしてこんなことになっているのか、男の目的を考えた。

この犬は、猟犬としてではなく、ただ橋の番をさせるためにロープでつないでいったのだ。そうだとすれば、これ以上近づかなければ襲われることはなさそうだ。

ほんの少しだけ安堵したが、橋を渡れないことがほぼ確実になった。

声を出しては犬を刺激するので、昌枝には何も答えず、さらにあとずさった。

背中にまた昌枝の手が当たった。無言のまま、ぐいぐい、と背中を押してくる。

わたしは振り返って、昌枝の横っ面を張ろうとしたが、あっさりよけられて、逆に胸のあたりを強く突かれた。

予想以上の力で、後ろ向きに突き飛ばされた。

わたしは短く叫び、気がつくと犬に背を向けたまましりもちをついていた。大急ぎで体の向きを変える。

犬が、猛烈な勢いで吠える。ほんの数十センチほどしか離れていない。

獲物を前にした興奮の極みのような咆哮が、耳に突き刺さる。獣臭い息が顔にかかる。

大丈夫、ロープの長さが足りないと自分に言い聞かせても、体は縮み上がる。もっと恐ろしいのは、この騒ぎがあの男にも聞こえている、という事実だ。

何かが手に触った。昌枝に突き飛ばされたときに落とした杖代わりの枝だ。

よし――。

枝を握り、それを支えにして立ち上がった。犬に立ち向かう勇気はない。だが、昌枝には対抗できる。

昌枝を殴るつもりだった。いくら嫌がらせをするといっても限度を超えている。枝を構えて振り返ったが、昌枝の姿がない。暗くて見えないだけでなく、気配がしない。わたしを突き飛ばしておいて、自分だけ逃げたのだ。

怒りは収まらないが、気持ちを切り替えることにした。いまは昌枝に報復することより、このあとどうするべきかのほうが重要だ。一旦、茂みの中の小道を戻ることにする。あたりに昌枝が潜んでいないか注意を払う。またからんできたら、こんどこそ枝で殴り飛ばしてやる。

足をひきずりながら、男と犬について考えた。

さっきも直感したとおり、つないであるということは、少なくともいまのところ、犬にわたしたちを襲わせるつもりはないのだろう。

あの男はきっと、〝狩り〟は自分ひとりでするつもりなのだ。浩樹をのぞいても、こちらはまだ五人いる。獲物が全員バラバラに逃げ回ったなら、ひとりふたり取り逃がすこともありうる。だから出口をふさぐため、橋の見張りのためだけに犬をロープでつないだ。

冥界から罪人が逃げださないよう、番犬ケルベロスでも配したつもりなのだろう——。

いずれにせよ、これでは橋は渡れない。そればかりか、ぐずぐずしていると、吠え声を聞きつけたあの男がここへやってくる。

茂みを出た。暗がりの中に、雨に濡れた集落がぼんやり見える。

ふりだしに戻った、という落胆が重くのしかかる。

空に視線を向ける。真っ黒な雲に裂け目ができて、濃いオレンジ色の空がのぞいていることに気づいた。しかし、すでに日は沈んだはずだ。すぐに本物の闇に包まれる。

集落のようすが、まだなんとか見渡せた。ほんのりと薄明かりが差してきたおかげだ。人の気配がない。物音も聞こえない。皆、どこかに隠れているのだろうか。それとも、何人かは襲われて——。

人の心配をしている場合ではないかもしれない。まずは自分の身を隠さなければ。

小さな建物に隠れては、見つかったときに逃げられなくなる可能性がある。

この騒動がはじまる前に、集落内をざっと見て回った記憶をたどる。

向かって右手、つまり東側の手前の家が、わりと大きな造りだったことを思い出した。男に追われ、何軒か壁を伝って逃げた結果、ひとつ気づいたことがある。どの家も、母屋の周囲には意外に隠れる場所が少ない。ドアが開けられなければ体をさらすことになる。むしろ、納屋や物置小屋などのほうがよさそうだ。明るいうちに見た印象では、どの家の納屋にも、古くなった農耕機械や運搬具などが雑然と転がっていた。あれらの陰にうまくもぐり込めば、隠れていられるかもしれない。二十二年前の英一少年のように。

右手の家の納屋に向けて歩きだしたとき、左奥の家の陰から、いきなり白い姿が現れた。

　距離はどれぐらいだろうか。明るければ顔の表情が判断できそうな近さだ。あわてて、背の高い雑草のあいだに腹ばいになる。顔に濡れた雑草が当たる。今日だけで、何度泥水をかぶっただろう。

　息を殺したまま、草のすき間からようすをうかがった。男はあきらかにこちらへ向かってくる。しかし、わたしを見つけたわけではないようだ。さっきの犬の吠え声を聞いて、橋のようすを見に行くのだろう。あぶないところだった。

　松浦家の納屋の探索は終わったのだろうか。だとすれば、純と玲美はどうなったのか。鼓動が速くなる。落ちつけと自分に声を掛けたとき、水音がすることに気づいた。

　これはなんだろう。目をこらしてみる。すぐ脇に水路として使われていたらしい溝が掘られていることがわかった。ふだんは涸(か)れているのかもしれないが、いまは大量に降った雨を受けて、あふれんばかりの勢いで流れている。

　男に視線を戻す。哲夫を追っていたときのように、走りはしないが大股(おおまた)で近づいて来る。まだ見つかってはいないが、いまから走って逃げ切れる可能性はなくなった。男とわたしとのあいだに、障害物はほとんどない。雑草がただ風にそよいでいるだけだ。ここで立ち上がれば、全身をさらすことになる。

　かといって、このままとどまっていたのでは、息づかいすら聞こえそうな近くを男が通ることになる。雨もかなり小降りとなり、視界はともかく音は聞こえやすくなった。

じっと潜んでいても見つかる可能性はある。もしもこの距離で見つかれば、そこで終わりだ。

水路に身を沈めようと決めた。

肘と膝を使って匍匐前進し、腹ばいのまま、水棲の爬虫類のように頭から水に入った。激しく水が当たる。水路は土掘りだ。幅は、わたしの体がすっぽりはまってあまり余裕がない程度で、水の勢いは相当に強い。それに、想像したよりずっと冷たい。長い時間は耐えられそうもない。

ぬるぬるすべる泥に手足をつけて踏ん張り、顔をあげ深呼吸しようとしたとき、水が大量に口に入り、飲んでしまった。むせる。できるだけ息を殺して水を吐き出す。

水流にさからいながら、クロールの息継ぎのように横向きになって空気を吸った。まだ咳が出るが、手を当てて音を抑える。

とてもではないが、この水路を這って進むことなどできそうもない。流されないようにとどまるのが精いっぱいだ。容赦なく、顔に水がかかる。またもむせそうになる。この姿勢ではいずれ見つかってしまう。かといって、頭を持ち上げ鼻と口を水面から出さなければ、もちそうもない。

体をさらに回転させ、仰向けになった。上流に頭を向け、がにまたのように両脚を広げて水路の両端に押し当て、体を支える。

ぎりぎり顔だけを水面から出し、両手をメガホンのようにして、水をよけ呼吸の助けにしてみる。思ったよりうまくいった。

これなら、少しはもちそうだ。

そう思った瞬間、水流で体がずるずると押し流されはじめた。あわてて両手も使ってとどまろうとしたが、鼻から水が入り、鼻腔がつんとしびれた。

もがいていると、左足の先が杭のような物に触れ、ようやく踏ん張ることができた。慎重にバランスをとりながら、一瞬だけ顔をあげ、限界まで息を吐き、こんどは胸が痛くなるほど大きく息を吸って鼻をつまみ、顔を沈めた。この姿勢のままやりすごすことに決めた。

男はいまどのあたりだろう。

ゆっくり数を数えながら、少し前に見た光景を頭に再現し、シミュレーションする。まだだめだ。あの巨体が、いままさに脇を通り過ぎる頃だ。胸が痛い。少しだけ息を吐く。指がずれて鼻から水が入り込んでくる。もう限界だ、顔をあげたい。しかしまだ、男は通り過ぎていない——。

きっちり二十まで数えた。これほど長く、冷たく、絶望的な二十秒は体験したことがない。

こんどこそほんとうに限界だった。肺が痛い。いま顔をあげれば見つかるかもしれない。しかし、これ以上息を止めていれば、失神してしまう。

川底に手をつき、いちかばちか水から顔をあげる。すぐ脇に立った男が、斧を手にじっとこちらを見おろしている。そんな光景を想像しながら、目を開けた。いない！　男の姿はない。

思いきり息を吸う。音をたてないようにと思うが、肺が勝手に空気を吸い込んでしまう。むせそうになり、手を口に当てて音を殺した。

草をわしづかみにし、水路から這い上がった。濡れた顔を手のひらでぬぐい、腹ばいのままあたりをうかがう。気のせいではなく、男の姿は見えない。いまごろ、橋の周囲を捜しているのだろうか。犬の吠え声が聞こえないということは、やはりあの男の飼い犬か、少なくとも慣れた関係に違いない。

よし、いまだ。いまなら、あの男からは見えない。

立ち上がり、がちがちに固まった全身の関節を一旦もみほぐすようにしてから、腰を曲げて姿勢を低くし、歩きだした。

痛い。右足首が泣きたいほどに痛いが、しゃがみ込むわけにはいかない。

杖代わりの枝はなくしてしまった。同じような物が落ちていないかと、地面に顔をよせたとき、ぽんと肩をたたかれた。

喉から飛び出しそうな悲鳴を両手で抑え込んだとき、目の前に回ってぬっと顔を現したのは哲夫だった。

哲夫は唇に指をあててから、橋のほうを示し、目顔で「男はあっちか？」とたずねた。

わたしがうなずくと、哲夫は声には出さず口を「隠れましょう」と動かした。

そのまま早足で歩いていく。わたしが足をくじいたことは知らないから、無情なわけではない。「待って」と声に出すわけにいかず、痛む右足を引きずりながらあとを追う。手近な家の物陰を目指しているようだ。少し進んでから、哲夫が振り返った。

わたしがずっと遅れて跛行（はこう）していることにようやく気づいて、立ちつくしている。表情はほとんどわからないが、困っているようだ。

手を振って「先に行って」という合図を送った。もたもたしていると、ふたりとも犠牲になる。哲夫は、走ってこちらに戻った。

「失礼」

小声で言って、わたしの右手を持ち上げ、その下に自分の肩を入れた。哲夫のほうが背が高いから、彼はかなり腰を曲げて窮屈な姿勢をとることになる。

バランスを崩しそうになるので、哲夫がわたしの体を抱きかかえるような恰好（かっこう）になった。脇腹や胸にも手が触れる。玲美が言っていた『じっとり』という表現が浮かんだ。しかし、いまは恥ずかしいという気持ちはみじんもなかった。感謝の念しかない。

ことばも合図も交わさず、そのまま先へ進む。

あと五メートル、三メートル、一メートル、物置小屋のような建物の裏手に回り、ほとんど同時に板塀にへばりついた。わたしは、ずきずきと痛む足首をさすった。哲夫が素早く隅からのぞき、来た方向をたしかめた。

「よし、来ない」それからわたしの足を見た。「かなり痛みますか」

「捻挫です。昔やったところをまた痛めたみたいです」

「歩けますか。あまり接近されないうちに逃げないといけないが」

「たぶん、なんとかなります」

この物置小屋は、松浦家の納屋に比べれば小さく、そして相当に老朽化していた。壁として打ち付けてある板が腐って、大人がしゃがんで潜り抜けられるぐらいの穴が開いている。哲夫はそこから中を確認した。

「この中に入りましょう。雨がしのげる」

すでに雨はほとんど止みかけていたが、ずっと外をはいずり回っていた身としては、穴だらけとはいえ、屋根や壁のある場所は嬉しかった。地面も乾いている可能性がある。ずいぶん長いあいだ、濡れていない物に触れた記憶がない。

先に哲夫、続いてわたしが穴をくぐりぬけた。

三方に壁はあるが、やはり正面の扉はなくなっている。

そう広くない小屋の中に、リヤカーや使用目的のわからない機械などが所狭しと放り出してある。その隙間に身を潜めていれば外からは見えないだろう。いままで彷徨った建物の中では、もっとも隠れるのに都合がよさそうだ。ただ、農具や刃物類の、凶器になりそうな物は見当たらない。棍棒すらない。

情けないが、わたしはもう立っているのが限界だった。

哲夫が注意深く横倒しにしたリヤカーと壁の隙間に、二人並んで入り込み、壁に背をあずけ土間に尻をつけようとした。

「これに座ったらいいですよ」

わたしは礼を言って、哲夫が差し出してくれた板を地面に置き、その上に尻を載せた。疲れた。ものすごく疲れた。二度と立ち上がれないような気がした。

「さっき、哲夫さんは捕まったのかと思いました」

「倒れたとき、砂地のような場所だったので、それをつかんで男に投げつけたんです。男がひるんだすきに、全力で走って、草むらに隠れました。あの暗さだったので、見失ったようです」

「よかったですね。浩樹さんは――浩樹さんがどうなったか見ましたか」

哲夫は、さあ、と首を小さくかしげた。

「隠れているだけで精いっぱいで、首を伸ばして見られませんでしたよ。そのうち、バケツを蹴っ飛ばしたみたいな音がして。そのときになってようやくのぞいてみると、あの男が松浦家の納屋のほうへ行くところでした」

「あそこにいたのは、純さんと玲美さんです」

「玲美も――」

哲夫のことばはそれきり止まってしまった。

「でも、哲夫さんがこうして無事だったということは、あのふたりも逃げ延びた可能性はありますね」

「だといいけど」

哲夫は中腰になってリヤカーの上から外のようすをうかがったが、すぐにあきらめたようにしゃがんだ。

「だめだ。ここからじゃ何も見えない」

「でも、それなら向こうからも見えないということですから」

事態はほとんど好転していないが、雨をしのげる狭い空間に身を置いたことで、安堵(あんど)感が湧き上がってきた。

お母さん、と心の中で呼んだ。無性に会いたかった。

——これに懲りて、いつまでも冒険ごっこみたいなことはやめなさいよ。

きっとそう言うだろう。言うに決まっている。

ゆっくり深呼吸をしたとき、電灯のスイッチを切ったように目の前が暗くなった。

14

「——さん。友里さん」

肩をゆすられている。

ベッドの中ならば、もう少し寝ていたいと思うのだが、体中がぐしょ濡れになっている不快感で、すぐに現実に戻ることができた。

暗がりの中誰かがのぞき込んでいる。とっさに押しのけようとして、おれですよ、と肩を押さえられた。目覚めたつもりでも、まだ少しぼうっとしていたようだ。

「哲夫さん。――わたし、寝ていたんですか」

「というより、気を失っていた感じですけど」哲夫がうなずいた。

「どのぐらいですか」

「ほんの二、三分だと思いますけど」

我ながら、無理もないだろうと思った。これだけ一度にいろいろなことが起きて、命の危険にさらされたことなどない身としては、神経がもたなかったのかもしれない。

それにしても、わずか一、二時間のあいだに、二度も失神するとは、自分の神経も思ったほど太くはないのかもしれない。

「あいつは――あいつはどうしました？」

「あれ、聞こえませんか」

哲夫はそう言って、物置小屋の外のどこか中空を睨(にら)んだ。

「あれって……」

「しっ。ほら」哲夫が人差し指を立てて、ますます声を低くした。

耳から入る音に意識を集中した。

聞こえる――。

ちりんちりんと、澄んだ鈴の音だ。もしかすると、あれは――。

「わたしが捨てた熊よけの鈴かもしれません」

哲夫が眉根を寄せたままうなずく。

「それほど近くじゃありませんね」

「どうして、あんな物を鳴らすんでしょうか」

「さあ、戦利品のつもりかも」

音はゆっくり動いているように聞こえる。息を殺し、耳をそばだてた。

「遠ざかってる」ささやくような、しかしわずかに嬉しそうな声で哲夫が言う。

たしかに、だんだん遠くなっていく気配だ。やがて、ぴたりと止まった。動くのをやめたのかもしれない。

「これでしばらく休める」哲夫がほっと息を吐いた。

哲夫が、ときどきリヤカーの上から外をのぞいてようすをうかがう。あの男の姿は見えないようだ。

このまま、夜が明ければいいと思った。村人の誰かが、車が停まったままであることに気づいて、助けに来てくれるのではないか。そんなことをぼんやり考える。

もう動きたくなかった。このままここで、事態が収拾されるのを待っていたい。

「気を失っているあいだも、夢って見るんでしょうか」

つい、緊迫感のない話題を口にしてしまった。哲夫はあきれもせず、さあ、と首をかしげた。

「でも、なんだかうなされていましたね。女の子はやめてとかなんとか」

「そんなことを言ってましたか。──二十二年前の事件を目撃していました。ほんとうに目の前で起きているようでした。気を失っていたのはほんの二、三分と言われましたけど、戸川稔がこの場所を訪れて、悲劇が起きて、救助隊が来るまでが、まるでドラマみたいにはっきりと──」

「こんな目に遭ったら、しょうがないでしょうね」

わずかのはずみで気を失ってしまいそうな極限状態が、ずっと続いていた反動なのか、いまはアルコールを飲み過ぎた翌朝のような、ぼんやりとした気分だった。状況はほとんど変わっておらず、身の危険が迫っているとは理屈ではわかるのだが、頭がこれ以上の緊張が続くことを拒んでいるのかもしれない。

もう、逃走経路だとか、おとりだとか、そんなことは考えたくない。早くこの災難が去って、あたたかいカフェオレを飲んで、ふかふかの布団で眠りたい。

虫が鳴いている。

いまさら気づいたが、うるさいほどに虫が鳴いている──。そうか、完全に雨が止んだのだ。

しかし、とっくに日は落ちた。

再び闇があたりを覆い隠しつつある。もしも月が出なければ、ライトなしにここから逃げることは不可能だろう。こんどこそ、朝まで続く真性の暗闇だ。

寒い。自分が小刻みに震えていることに気づいた。都会にいればひと晩中エアコンをつける季節だが、いまは震えるほど寒い。

半分腐ったような板塀に背をあずけてしゃがみ、自分を抱きしめるように腕を組んで小刻みに体をゆすっていると、気がまぎれた。恐怖心が遠のき、再び夢の世界に戻っていくような錯覚に陥る。玲美にあげたシリアルバー、食べたかったな――。

うとうとしかけたとき、哲夫の腹立たしそうな声に意識を引き戻された。

「ちくしょう。いつまでこうしてりゃいいんだ」

わたしに八つ当たりしているのではなく、もって行き場のない怒りを吐き出しただけだろう。わたしも、ずっと心にあった疑問をぶつけた。

「あの男の目的は何でしょう。いきなりあんなひどいことをして」

ほんとうは、逃げだす手段について考えるべきなのかもしれない。しかし、いまのわたしたちに、これ以上何ができるだろう。さんざん逃げ回ったが、ただあの男に弄ばれていただけのような気がする。さっさと捕まえることもできるのに、いたぶって楽しんでいるのだ。まだ夜ははじまったばかりだ。ひと晩じゅうかけて、ゆっくりひとりずつ捕まえるつもりかもしれない。

鼓膜がむずむずするほど虫の声が大きくなった。わたしたちにとっては小さな幸運だ。これなら、声を抑えれば会話を聞きつけられることもないだろう。

哲夫がひとりごとのように、考えを話しはじめた。

「あの男、現れた直後は暴行を働くのが目的には見えなかった。玲美のあのばかげた斧を見て逆上した感じだったし、そのあと雨が降ってきて、なぜかますます興奮しはじめた」

「斧と雨――」

二十二年前のキーワードと重なる。

記録的な豪雨の夜、戸川稔は、貴一郎への恨みから、なんの罪もない人間まで包丁で殺害し、自身は斧で頭を割られて息絶えた。

あのときの恨みが捨てられず、戸川稔の亡霊が現代によみがえったというのか。こんどは、自分を仕留めた斧に凶器を替えて、この地に足を踏み入れた人間を片っ端から殺すのか。

そんなばかな――。

力なく首を左右に振った。

そんなこと、あるはずがない。あれは血の通った人間だ。それが証拠に犬を見張りに置いたではないか。幽霊や悪霊だったら、見張りなど必要ない。

わたしは、亡霊説を頭から振り払うため、あえてあの男が血の通った人間であるという考えを口にした。聞き終えた哲夫は、なるほど、とうなずいた。

「戸川の隠し子ですか」

著作の中では触れていなかったが、サークルでの泉教授を囲んだ定例会のとき、教授がこんな話をしたことがある。

実は、戸川稔には世間に知られていない子どもがいたらしい。山形刑務所を出たあと、乙霧村に現れるまでの三年間、稔の足跡はほとんどわかっていない。しかし、一時期新潟に住んでいたことまではつきとめたそうだ。そこで、ある女のもとに身を寄せていたのだが、その女が出産した――つまり稔の子を産んだ可能性がある。泉はその親子に取材がしたいと思って、現地に二度ほど足を運んだのだが、とうとう見つからなかったそうだ。

別な犯罪の被疑者にでもなって、警察が本格的に調査しなければ判明しないだろうね、と苦笑していた。

「すると、その子はせいぜい二十代半ばあたりってことになりますね。あの男、じっくり顔を見たわけじゃないけど、もう少し年をとっていたように感じました」

「戸川稔の息子と考えるのは、無理がありそうですね」

ぼそりとこぼれたせりふの語尾が、虫の声にかき消された。

だとすれば、わたしが思いつくあの男の正体は、ひとつしかない。信じたくはないが。

「今回のことは、純が言いだしたんですよ」

短い沈黙のあと、哲夫がそんなことを言った。

「旅行の企画という意味ですか」

「そうです。連ドラのロケのことだって、ネットで検索しても出てこないんですよ」

その点は、わたしも気づいていた。ただし、もともとあまり興味はなかったし、自信を持って言えるほど詳しく検索してみたわけではない。

だから、そうなんですか、と無難に答えた。

「――おれは、純の得意のホラ話だと思ったんだけど、あいつが『親父の会社はゴールデン枠のスポンサーだから、極秘の情報が入ってくる』とか言ったので、みんな信用したんですよ」

「その話は聞いています。つまり、皆さんは泉教授の著作の舞台だからではなく、ドラマのおかげで話題になりそうだから参加した、ということなんですね」

「まあ、正直なところ、その両方といった感じですか」

〝ドラマのロケ地を見に行く〟という行為に、泉の著作の舞台をなぞるのと同等の価値があるとあらためて聞かされ、少し寂しい気がした。

「おれはどっちでもよかった。もともと、ドラマとか興味ないし。でも、みんなが行くって言うんで、つきあいで参加したんです。ばかどもを放っておけなくて」

適当に相づちを打つと、哲夫が「浩樹はかわいそうに」とつぶやいた。

「いきなり殴ったりしてひどいですね」

「いや、それもそうですが、そもそも今回の旅行は、あいつは無理矢理誘われたんですよ。純に」

「無理矢理?」

「おれがナビ役に決まって、浩樹とルートの打ち合わせをしてるときに、あいつが『運転手役に、強引に誘われたんだ』ってぼやいてましたよ」

「純さんに誘われたんですか?」

「そうです。理由は単純、純のやつが自分は面倒な仕事をしたくないから。雑用を任せる男手が欲しかったんです。おれはあいつに反発するから、言いなりになりそうな浩樹を誘った。そもそも、今回のメンバーはほとんど純が決めたようなものです。おれ以外は」

「純さんに、どうしてそんなに求心力があるんですか」

「その答えも簡単、金ですよ。みんな純に金や物をもらって世話になっている。今回みたいに車や機材も出す。だから、ふだんは対等っぽい友達づきあいをしてるけど、いざとなるとさからえない」

「つまり、ほかのメンバーは半ば強引に純さんに誘われて、哲夫さんは自発的に参加したということですか」

「まあ、そうなりますね」

「でも……」

反論しかけたわたしの声がかき消された。虫の音のシャワーを突き抜けて、悲鳴が聞こえたのだ。それも女性の声だ。

「いまの、聞きましたか」

哲夫がうなずいた。表情まではわからない。

女性なら、昌枝か玲美ということになるが、声の質からしておそらく玲美だろう。とうとうあの男に遭遇したのか。危害を加えられたのか。あるいは転んだだけだろうか。悲鳴は一度きりなので、判断がつかない。

「くそう、やられたのかな」

哲夫と並んで、リヤカーの陰からようすをうかがったが、ここからでは何も見えない。

哲夫がぼそりと言う。

「彼女のことだから、じっとしていられなくて姿を見せたか、スマホのライトでもつけたのかもしれない」

それはありえると思った。

「気になりますが、ここに隠れているしかないですね」

「たしかに、どうにもならない」

哲夫としては、助けに行きたい気持ちもあるのだろうが、大げさでなく身の安全の保証はない。

それでも気にはなるようで、しきりに外をうかがっている。わたしは膝をかかえ頭を腕にのせた。目を閉じると、船に乗ったように頭がぐらぐらと揺れた。

どれぐらい、そうしていただろう。

もはや会話もなく、ただ耳だけに意識を集め、静かに呼吸をしていた。哲夫が、この危機に便乗して体を押しつけてきたりしないのがせめてもの救いだった。

いまが何時なのか知りたかった。耐え切れなくなって、小屋の隅で注意深く携帯電話のフリップを開いてみたが、水につかってとっくに機能しなくなっていた。それを哲夫に伝えると、自分は腕時計をはめる習慣がないし、携帯はどこかで紛失したという。

じりじりとした時間が過ぎてゆく。しだいに我慢が限界になってきた。哲夫も同じなのか、呼吸音が大きくなっていく。それこそ這(は)ってでも、周囲を偵察してみようと決めた。

「もしよければ、わたしが……」

言い終える前に、哲夫が「しっ」と制した。

あわてて口を閉じた。いつしか虫の声が止んでいる。しんと静まり返っている。音が何も——いや、聞こえた。いまのはまさか。全身の肌が粟立(あわだ)つ。

ちりん。

さらに一度、物置小屋のすぐ外で鈴が鳴った。

喉(のど)から声がこぼれ出そうになったとき、突然、後方から強烈なライトを浴びた。

ひっという、しゃっくりのような悲鳴が出てしまった。

振り返ると、手が届きそうなほどすぐ近くの板塀の割れ目から、目もくらむような光が照射されている。明るさと色からして、強烈なLEDライトだ。さっきの白カッパの男が持っていた物だろう。

「逃げろ」

哲夫の叫び声と手に押されて、リヤカーの陰を飛び出した。飛び出してはみたものの、うっかり光源を見てしまったので、目がくらんで何も見えない。暗闇にいたときと変わらない。

混乱する頭で考える。男は小屋の裏手にいる。ということは、彼が正面側に回るまでの時間が逃げ延びるチャンスだ。

痛む足をひきずりながら、全力で走る。いや、走ろうと努力する。痛い。早足で歩くのが精いっぱいだ。

ほとんど視界がきかない。せっかく闇に眼が慣れていたのに、ライトの残像が光る雲のように浮いている。

哲夫はどこだ。先に逃げたのだろうか。

物置小屋の外に出たと思ったとたん、何か硬い物を踏んで転んでしまった。雑草の中に倒れ、脇腹を打ち付けた。息が詰まる。鈴の音は、どっちから聞こえる？

少し離れた場所で、哲夫の「うわ」という叫び声がした。

雑草の隙間からようすをうかがった。

哲夫がライトの光を浴びている。すぐそばに立つ男の姿も見える。まだ白いカッパを着たままだ。フードをかぶっていて、表情まではわからない。

哲夫は、反撃のため、武器になる物を拾おうとして追いつかれたらしい。片手に棍棒を持ち、その先を男に向けてあとずさっている。男の手にはやはり斧が握られている。あれでは、まったく勝負にならない。

男が哲夫に近づいていく。さっきの恩があるが、わたしが立ち向かったところで、助けにはならないだろう。

手探りで石を探した。レモンほどの大きさの石があった。それを男めがけて投げつける。しかし、狙いははずれ、男のすぐ脇を飛んでいった。もうひとつ、これもはずれた。ライトがさっと動いてわたしのすぐ近くを照らした。LEDの直線的な光のおかげで、わたしの体には当たっていない。

哲夫が雄叫びをあげた。男が見せた隙に、棍棒で殴りかかったようだ。ライトが素早く動いて哲夫を浮かび上がらせた。

ほとんど同時に哲夫がやけくそで振った棍棒が空を切った。楽しむように、男はゆうゆうとかわしている。

わたしは、這ったまま遠ざかった。

ごめんなさい——。

心の中で詫びた。なんども詫びた。卑怯者で意気地なし、そう自分を責めても、どうしても立ち向かう勇気が湧かない。

だが、どっちへ逃げればいいのかすらもわからない。這いながら、とにかく男から遠ざかるほうへ。

背後から、哲夫の「この野郎」と叫ぶ声が聞こえた。

逃げたい本能に逆らって、振り返った。ライトがめちゃくちゃに揺れている。取っ組み合いになっているのだろうか。哲夫が善戦しているのかもしれない。

淡い期待を抱いたとき、ライトが落ちた。

転がったライトがふたりの姿を照らす。男が、またも哲夫の手を捻り上げているところだった。

やはり自分だけ逃げることはできない。

こんどは小さめの石を拾った。男の頭に狙いをつけて投げた。背中に当たった。

男がこちらを見る。その隙に哲夫がもがく。男はすぐに哲夫へ視線を戻す。

もう一度石を投げる。さらに、もう一度。だんだん命中率がよくなって、とうとう、男のほおぼねのあたりに当たった。

男が顔を押さえた隙に、哲夫がつかまれた手をようやく振り払った。

自由の身になった哲夫がいきなり走りだした。一軒の母屋に向かっていく。

わたしのほうを睨むようにしていた男は、二兎の獲物のうち、どちらを追うか決めたらしい。鈴の音をさせながら、哲夫を追っていく。

これ以上はどうにもできない。

わたしなりに逃げるだけだ。なんとか立ち上がり、足を引きずりながら男から遠ざかった。

「やめろ、やめてくれ」

家の向こうで哲夫が叫び、それっきり声はしなくなった。鈴の音も止んだ。

泣いていた。気がつけば、わたしは泣きじゃくっていた。

足がもつれる。しゃがみ込んでしまいたい。だが、逃げなければ次はわたしだ。

15

どこをどう進んだのか、よく覚えていない。

ぼんやりと、ほんとうにぼんやりとだが、集落が見えるようになってきた。

真上を見ても光源はないが、地平のあたりに月が出ているのかもしれない。

結局、最初に浩樹が襲われて縁側に寝かせた、あの家に戻っていた。

目をこらすと、なんとか状況がわかる。浩樹を寝かせたときのままだ。ただし――。

浩樹の姿がない!

戸板は残っているが、当人がいない。いや、それだけではなく、持ち物が何もない。

帽子もバッグも。

気がついて、自力でどこかへ逃げたのだろうか。

あるいは、あの男が何かしたのか。

そのとき、家の中で人の動く気配がした。

「友里さん？」低く抑えた声は純のものだ。

「純さんですか」

よかった、という純の安堵の声が聞こえた。浩樹のことをたずねようとしたとき、もうひとりいることに気づいた。目をこらす。昌枝だ。どんな表情をしているのか、それこそライトを照らして顔を見てやりたい。

純が訊いた。

「捕まらなかったんですね。昌枝に聞いたんですけど、橋のところまで行ったとか」

わたしはその問いに答えず、土足のまま家にあがった。あきらかに人は住んでいない。もう、きれい事は言っていられなかった。

まっすぐ純のそばへ寄った。隣で昌枝がにやにやしながらこちらを見ている。

わたしは、何も言わずいきなり昌枝を平手で打った。

昌枝のほおが大きな音をたて、頭が揺れた。同時にわたしの手のひらにも痛みが走った。だからほんとうは暴力が嫌いなのだ。

声をあげたのは昌枝ではなく、純だった。

「友里さん、どうかしたんですか！」

「その人に聞いてください」

　純が少し困ったような表情を浮かべた。

「――それで、橋のようすはどうでした？」

　話題を逸らせたいらしい。それでもべつにかまわない。

「すごく大きな犬がいて、橋は通れません」

「昌枝にも聞いたけど、じゃあほんとうだったんですね」

　そういえば、あれ以後は吠え声がしない。しかし、きっとまだいるはずだ。

「ねえ友里さん。たとえば、ひとりがその犬の気を引いているあいだに、ほかの人間が通るってわけにはいかないかな」

「それはわたしも考えました。でも、つないであるロープの長さがたっぷりとってあって、無理だと思います」

「くそう、なんとかできないかな」

　考え込んだ純に、さっきから気になっていることをぶつけてみた。

「浩樹さんは？　浩樹さんはどこですか」

　純が、小さく首を振って答えた。

「わからないんです。ここへ来たときには、もういませんでした。でも、血の痕とかないから、気がついて逃げたのかもしれません」

「そうだといいんですが」

　心底、そう思った。

「それから、玲美さんは？　彼女はどうしたんですか」

「一緒に隠れてたんだけど——」純が口ごもった。

「あの男が近づいてきたら、パニック起こして、いきなり走りだして、捕まったみたいね」代わって昌枝が答えた。

昌枝のことは無視して純に質問する。

「捕まるところを見たんですか」

「うん。——こうやって襟のところをつかまれて、二軒向こうの家の中に引きずり込まれていった」

喉の奥から声が漏れそうになるのを、自分で手を押し当ててなんとかこらえた。玲美が引きずり込まれたのがどの家なのかわからなかったが、わかったところで意味はないかもしれない。あの男が神出鬼没なことが改めてわかった。

「まさか、斧で襲われたんですか？」

純が首を振る。

「わからない。悲鳴は一度だけだった」

「死んでしまえば、二度と悲鳴はあげないわね」昌枝がぼそっと言う。

もはや、睨む気にもなれない。

あのとき、昌枝が一緒に行かなかった理由は、やはり想像したとおりだったようだ。

玲美は精神的にまいっていた。パニックを起こしていて、あまり意味のない発言を繰り返したり、いまにも衝動的な行動に出そうな気配があった。

一緒に行けば、玲美のせいで男に見つかる危険度が増す。見つかっても、純の運動神経なら逃げ延びられるだろう。体を張ってまで玲美を救おうとはしないはずだ。玲美こそが、おとりとして犠牲になるかもしれない。邪魔者が消えたところで自分はまた純と合流する。

この状況下で、そこまで計算を働かせただろうかという疑問もあるが、昌枝の性格からすると、ありえそうな気がしてきた。

でも、わたしには、昌枝を非難する資格などない。哲夫は足を痛めたわたしのために戻ってきたのに、わたしは彼を見捨てて逃げた。

「ほかの連中がどうなったか、知りませんか」純が聞く。

「哲夫さんと出会ったんですが、一緒に逃げる途中、あの男に——捕まりました」

「へえ、自分だけが逃げたんだ」

昌枝から思ったとおりの攻撃を受けたが、反論できない。

純がたしなめた。

「そんな嫌味ばっかり言うことはないだろう。みんな、自分が助かるので精いっぱいだ。それはしょうがないだろ」

「ま、それもそうね」

そのとき、広場のような空き地に立っている電柱の突端が、ちかちかっと明滅した。

何かと思う間もなく、明かりが灯った。

ふつうの街灯のような明るさがある。

わたしと純は顔を見合わせ、あわてて壁の陰になる部分に身を移した。そのせいで埃が舞い、くしゃみが出そうになる。腕を押し当ててこらえた。

昌枝もすっと、暗がりの壁に背をあずけた。

「なんだありゃ」純が非難するように電柱のほうを睨んだ。

「街灯みたいね」

こんどは、純が昌枝に悪態をついた。

「そんなの見りゃわかる。なんであんなものがあるのかって言ってんだ。電線なんかなかったぞ」

わたしは思い出したことがあった。

「まだ日が差していたときに、あれこれ見回っていて、電柱の先端になにか箱のようなものがついているのを見ました。そのときは気にしなかったのですが、ソーラーシステムの街灯かもしれません。いまは、一般の家庭とかでも普及してるみたいですから」

「こんな場所に誰がセットしたんだ」

「もちろん、あの男でしょ」

ちょうど柱の陰になって、昌枝の顔だけが見えない。首なしの死体が置いてあるように見える。

「これじゃ、ますます身動きがとれないな」

純は、ちょこちょこのぞいてようすをさぐっている。わたしも、自分の位置から同じようにしてみた。

やはり、見た目も明るさも、公園などにあるソーラーシステムの街灯に見える。暗くなってからだいぶ経つので、手動のスイッチがあるのかもしれない。

いずれにしても、これで集落の中央部はかなり見通しがきくようになった。それほど強力な光ではないため、周辺部まで完全に照らせているわけではない。それでも、目の前の畳に光は差しているし、何より橋を目指して家から出れば完全に見つかる。

この集落を見張るのに、うってつけの場所にセットしてあった。

「友里さん、どうします？」

「ますます身動きがとれなくなったと思います。裏口からの脱出経路を確認したうえで、しばらくここでようすをみませんか」

純がすぐに賛成した。

「それから、あの男はわたしが捨てた鈴を身に着けているみたいです」

「ここへ来るときに鳴らしていた、熊よけの鈴？」

「はい。哲夫さんとふたりで襲われたとき、直前にあの音がしました」

「ってことは、鈴の音に注意すればいいのか」

せっかく少し明るい気分になりかけたらしい純には申し訳ないが、否定した。

「でも、音を消せるみたいです。なにかで包むのかも。さっきは、突然すぐ近くから聞こえました」

「どうしてそんなことを？」

「すぐに思いつく理由は、単に怖がらせるため——」

「中途半端に希望を持たせるようなこと言わないでよ」

落胆した純の気持ちを昌枝が代弁した。

この家は西のはずれに位置しているため、ここへ向かってくる人間がいればすぐに見つけることができる。裏手の崖に沿ってそっと近づかれたら気づかないかもしれないが、いまはこれ以上の手立てが思いつかない。

もはや、ここなら絶対に安全、という場所がないのだから。


裏の勝手口の扉が問題なく開くことを確認して、内側から鍵をかけた。

ピッキングしやすいといわれている古いタイプの鍵だが、あの男がそんなまわりくどいことをするとは思えない。やるとしたら、斧で打ち破るに違いない。

裏口の安全と逃げ道が確保できたことで、少しだけ落ちついた気分になった。

正確な時刻が知りたい。

純のスマートフォンは防水ケースに入れていたが、バッグごと落としてしまったらしい。そして、やはり腕時計はつけないそうだ。最近、そういう人が増えた。

すでに時間の感覚がまったくない。二時間にも、二十時間経ったようにも感じられる。極度の緊張の反動から来る弛緩、そんなどこか気の抜けた時間が過ぎていく。

石像のように広場の方向を見つめていた昌枝が、ぼそっとつぶやいた。

「ねえ、純君、わたしたち、修復できるでしょ」

柱に背をあずけ、宙を見つめていた純が「はあ?」と応じた。

「もう一度、関係修復できるでしょ」

「なんの関係だよ」

「わたしと、純君の関係よ」

「こんなときに、なんの話してんだよ」

「こんなときだからよ。命の瀬戸際にいるから、ぎりぎりの本心を聞きたいの」

「なにが命の瀬戸際だよ、ぎりぎりの本心だよ。修復もなにも、はじめから関係なんかないだろ」

「うそ。関係あったでしょ」

「ふん」

「わたし、消せない証拠を持ってる」

「なんの証拠だよ。画像は……」

「それが、まだ残っているんだ」

「おまえ」

純が昌枝につかみかかった。両肩をつかんで激しくゆすっている。

「なんて、汚いやつなんだ」

「いろいろつらい思いをしたのはわたしだけど」

「いいか、これ以上つきまとうなら……」

「やめてください」我慢できずに割って入った。「いまここで、もめごとはやめてください」

詳しいことはわからないが、哲夫がちらりともらしていた「あんな女に手を出して」ということばに関係あるのだろう。想像もしたくない。

純の手を払った昌枝が、こちらに顔を向けた。

「ふん。そんなにウブでもないでしょ」

「ウブかどうかの問題ではないです。とにかく、少しでも早く、無事にここから逃げだすことに意識を集中しましょうよ」

「そのとおりだ。もう、おまえとは口をきかない」

昌枝は小さく笑ったようだった。

それが合図でもあったかのように、雨戸の陰から白いカッパの男が現れた。

最初に短い悲鳴をあげたのは純だった。

昌枝のことはわからないが、わたしは声を出さなかった。腹を据えたのではなく、もうそんなエネルギーが残っていなかったのだ。

男は縁側に立ったままで、すぐに襲って来る気配がない。鈴の音は聞こえなかった。やはり、わたしたちが驚き、あわてふためく姿を見て楽しんでいるのだ。

仁王立ちしたまま、こちらを睨んでいる。フードの陰になって顔は口もとのあたりしか見えない。

純は、しりもちをついたままあとずさりした。男が縁側に足をかけ、ぐいと力をこめ、家にあがった。建物全体がきしんだように感じた。大きい。やはり、棍棒ぐらいでは立ち向かえない。

「すみませんっ」

純がいきなりそう叫んで、頭を畳にこすりつけた。

「あいつらが企画して、おれ、断れなくて……ふざけるつもりはありませんでした。不愉快だったなら謝ります」

男はじっと立って純を見おろしている。手には斧を持ったままだ。

「許してください」

純が、ふり絞るような声でわびる。

男は無言のまま、さらに一歩、純に近づいた。

素早く動いた人間がいた。昌枝だ。タックルするように男の足にしがみついた。

「逃げて、純君逃げて」

純は、意味のわからないことばを吐きながら、畳の上を這いずり、男の脇を抜け、縁側から外へ転がり出た。

男は昌枝の襟ぐりを鷲づかみにして、ぐいと引き離した。

昌枝がだだをこねる子どものように顔を激しく左右に振りながら、再び男の足にしがみついた。

立ち上がった純は猛烈な勢いで走って行く。

どこを目指していったのかは見えない。

純が逃げだしたのを確認すると、昌枝はしがみついていた腕を放した。素早い身のこなしで立ち上がり、自分も走りだす。

昌枝の背中めがけて、男は斧を振った。しかし届かず、刃が空を切った。

庭へ飛び降りた昌枝は転んで手をついたが、すぐに立ち上がり野生動物のような勢いで走っていく。

男は昌枝のあとを追って、大股で歩きだした。

わたしは腰が抜けたようになり、台所まで這って進んだ。

みぞおちで胃がうねっている。何かがせり上がってくる。我慢できずに吐いたが、胃液しか出てこない。

板の間を這ったまま進む。自分の荒い息の音がやけに大きく聞こえる。ジーンズが何かに引っ掛かって前のめりになり、床で顔をこすった。ほおにひりひりとした痛みが走る。かまってはいられない。早くしないと男がやってくる。次はわたしだ。早くしないと男がやってくる。頭の中はそれでいっぱいだった。

斧を振り下ろされたら痛みが走るだろうか、金属の棒が頭に命中したら陥没するのか、いっそ痛みすら感じないうちに絶命したい。床を這いながらそんなことまで考えた。

ものすごく速く呼吸しているのに、どうしてこんなに息が苦しいのだろうか。

這ったまま、勝手口の三和土に転がり落ちた。何か硬い物の角で背中を打ち、息が止まりそうになる。尻をついたまま、さっきたしかめたばかりの鍵を開けようとしたが、ぶるぶると手が震えて、ノブをうまくつかめない。左手で右手を押さえ、ようやくつかみ、ひねった。ノブを回すが、ぎしぎしいうだけで開かない。

「さっきは開いたじゃない」

ドアに向かって悪態をつき、体ごとぶつかると、何かが壊れる音がしてついに開いた。勢い余ってそのまま外に転がり出てしまった。放り出されたままの植木鉢や石塊が背中に当たるが、もう痛みは感じない。

立ち上がり、後ろを振り返らずに、歩く。何かにつまずいて転んだ。起き上がり、また歩く。足が痛み、もつれ、転ぶ。

どうするどうするどうする。

どこへ逃げればいいのか。

あの男の姿は見えない。

少しでも気を抜くと、すぐにへたり込みそうになる。唇を嚙み、自分を叱咤して足を踏み出す。

松浦家の蔵を過ぎ、母屋の裏の壁を伝い、納屋の裏までたどりついた。

壁に手をつき、腰を折り曲げ、深く息を吸う。

こんどこそ体力の限界だった。

もう歩けない。一歩も進めない。

納屋の中に身を隠そうと決めた。英一とその姉が身を隠した納屋に。

純と玲美が見つかったのは、音をたてたからだ。男は、狩り立てる道具に犬を使っていない。ならば、この暗い中で息を潜めていれば、見つからないかもしれない。

疲れた。ほんとうに疲れた——。

これだけ逃げ回って、それでも捕まるのなら、もうあきらめるしかないのかもしれないと、頭のどこかで考えはじめていた。泉蓮が書いた別の本にもそんな記述があった。極限状態が続くと、人も野生動物もそれに耐えきれず、あきらめの心理が働くようになると。

板が破れて、体の小さなわたしならどうにか通り抜けられる程度の裂け目があった。体を横にして中に入る。背中がこすれて、すりむけたらしいが、もう気にはならない。

湿った土埃の臭いで胸がいっぱいになる。正面から、街灯の明かりが差し込んで、おぼろげながら、中のようすがわかった。

音をたてないように注意を払い、壁を伝い、陰になる部分を選んで外のようすをうかがった。

見えない。誰もいない。音も聞こえない。ヒステリックなほどの虫の音だけが、響き渡っている。

視線を移して、納屋の中を見回した。

二階建ての構造になっており、ちょっとした戸建て住宅ほどの大きさがある。

床は固く踏みしめられた土間だ。朽ちた家具や手押し車、ふちの欠けたバケツなどが、雑然と放り出してある。鋤(すき)や鍬(くわ)といった武器になりそうな物は、やはりここにも見当たらない。しかし武器がないという理由で、いまさら落胆はしない。もともと、暴力で立ち向かうつもりはなかった。どう考えてもかなうはずがない。わたしにできるのは、身を隠し、機会をうかがってこの集落から去ることだけだ。

何かが、あるいはすべてが、歪(ゆが)んだこの土地から。

視線を天井に向けた。

杉の角材を何本か梁(はり)に渡しただけの、簡素な板張りだ。木の梯子段(はしごだん)がかけられ、天井の一角が一メートル四方ほどに切り抜かれている。そこが二階への上り口だろう。

惨劇のときに、英一が隠れていたのがこの二階の藁(わら)の中だった。さすがに今は、藁など積んでないだろう。

かなり使い込まれた梯子段を、つかんでゆすってみた。そこそこの強度はありそうだし、上部で固定されていてずれる心配はなさそうだ。

ロープはないかと探してみる。

見つからない。暗くてわからない。ロープさえあれば、二階に潜んでいて、いざというときそれを外に垂らして、伝って逃げることができるかもしれない。

しかし、ロープもその代用になりそうな物も見つからなかった。

ぱちん――。

いまのは、なんの音だ？

息を止め、耳を澄ます。気のせいではない。細い枯れ枝を踏んだ音に聞こえた。どこから聞こえた？　納屋のすぐ裏手からだ。わたしはそのまま数秒間動きを止めたあと、ゆっくりと息を吐いて、吸った。どうか空耳であって欲しいと願う。

ちりん――。

はっきり聞こえた。間違いない。しかも、さっきとは少し位置がずれている。虫の声も止んでいる。

あの男だ。あの男が納屋の裏をゆっくりと歩いているのだ。その現実に力が抜け、へたり込みそうになる。

ぐじゅり、ぐじゅりと、濡れた大地を踏みしめる足音が動いていく。それに合わせて鈴も音をたてる。板壁の向こう側が透けて見えるわけではないが、音の移動を目で追う。

鈴の音は角を曲がり、納屋の入り口に向かっているようだ。これでもう、入り口から逃げるのは無理になった。飛び出せば必ず見つかる。彼より速く走るのは絶対に無理だ。

どうすればいい――。

二階か？　二階だ。それしかない。とにかく行動を起こさなければ、ここで捕まるだけだ。二階に逃げれば、ロープはないが窓から一階部分に突き出しているひさしに移って、脱出できるかもしれない。

ほかに選択肢はない。

神様、神様、お願いです。ぜったいに梯子段が音をたてませんように――。

祈りながらそっと板を踏む。ほとんど音はしない。しかし、あまりゆっくり時間をかけている場合ではない。

ちりん――。

板壁の外で、鈴がまた音をたてた。

動きを止め、目を向ける。板の裂け目から、何かが見えている。あれはなんだろうと思ったとき、壁の向こうが明るくなった。懐中電灯をつけたのだ。

その明かりで、裂け目から見えていたものの正体がわかった。喉から悲鳴が飛び出てきそうになるのを、手のひらで押さえ込む。

目だ。

誰かの目が、じっとこちらを見ている。

見つめられたのは長い時間ではなかった。すぐにＬＥＤの強烈なライトが、納屋の中に向けて照射された。舞台のスポットライトのようにぐるぐると中を探っている。

もう戻れない。逃げるしかない。梯子段を一気にかけ上った。

二階の床板のへりに手をかけ、体を持ち上げる。

真っ暗で何も見えない。窓がすべて板の戸でふさがれているせいだ。ただ、壁板の傷みが激しいため、割れ目や節穴が無数にあって、そこからたったひとつの街灯の明かりが差し込んでいる。

いま自分が上ってきた上り口に視線を戻す。あの梯子段をはずせればいいのだが、固定されていて、わたしの力ではどうにもならない。蓋（ふた）になる物を探したが、何もない。武器がわりになりそうなものも、見当たらない。

窓のほうへ慎重に足を踏み出す。みしりと音がした。床材の杉板はあまり厚くなさそうだ。うっかりすると踏み抜いてしまうかもしれない。

あいつに見つかったことは間違いない。だとすれば、隠れるという選択肢はなくなった。

あの男が上ってきたら、窓から外へ逃げるしかない。ひさしにぶら下がってから手を離せば、それほど大怪我はせずに済むだろう。痛む足首のことは考えたくない。地面に下りたら、ほんとうに死んだ気になって、這（は）ってでも橋を目指す。

まだ、そんな体力が残っていればの話だが——。

一度は死を覚悟したものの、やはり最後まであきらめたくない。

漏れる光を頼りに窓に近づく。

ところどころに、簡素な柱が床から伸びている。

それにつかまり、わずか数歩進んだとき、板の裂ける音がして体のバランスが崩れた。右の足首からすねにかけて、鋭い痛みが走る。床を踏み抜いてしまったのだ。

気が急く。膝のあたりを両手でつかんで引き抜こうとするが抜けない。

気合いを込めて、全身の力を集めて引っぱる。

「抜けて。お願い。——くそっ、抜けろっ」

踏み抜いたときの何倍もの痛みと共にようやく抜けた。ずきずきする足を引きずりながら窓へ寄る。

手探りで、板戸を開けようと試みた。

開かない。がたがたいうが、開いてくれない。早くしないとあの男がやってくる。

力任せに手のひらで押すと、きしんだ音をたてて戸が持ち上がった。横開きではなく、上部が蝶番になっている、跳ね上げ式の板戸だった。

首を出して外を見る。人影はない。すぐさま振り返る。上り口に人の姿はない。

しかし、階下からがたんという物音が聞こえた。あの男だ。梯子段を上ろうとしている。

再び物音が聞こえた。上り口から明かりが差した。いよいよ上ってくる。

ちりん、ちりん。

わたしは板戸を持ち上げたまま、上り口を睨んでいた。タイミングを早まっては、男の待っているところへ転がり落ちることになる。男が完全に二階にあがってくるまで待つのだ。

いよいよとなればこの窓から外へ出ると決めた。しかし、足がすべるかもしれない。捻挫したうえに床板を踏み抜いたので、わたしの足はもう立っているのもつらい。逃げおおせる自信は、ほとんどない。

鈴の音が鳴って、上り口から白いフードがのぞいた。顔ははっきりと見えない。

やがて肩が、そしてすぐに上半身が現れた。へりに手をつき、ぐいと体を持ち上げる。

また も、床がきしんだ。

立ち上がった男は、こちらを見据えて近づいてくる。

男も、床板が朽ちていることを知っているらしく、用心深く足を出す。

わたしは、静かに息をしながら、タイミングを計っていた。さらに一歩、二歩と近づいてくる。

めりっという音と共に、男の体のバランスが崩れた。床を踏み抜いたのだ。かすかに期待はしていた。わたしの体重でさえ支えられないのだから、この男には無理ではないかと。

これで身動きがとれなくなればありがたい。いまさら反撃などするつもりはない。その隙に逃げるのだ。

しかし、思ったほどの時間稼ぎにはならなかった。男は柱につかまると、一気に足を抜いた。ばりばりという音がして、床板が割れて持ち上がった。

選択肢はもうない。

明かり取りの窓をまたぎ、足を一歩踏み出そうとしたそのとき、これまでずっともやもやとした考えだったことがはっきりと形をなした。

なぜ、白いカッパなのか。なぜ、雨と斧に逆上したのか――。

それらのことは、ある一点を指している。

そうか、やはりそうなのか。

わたしは、窓を乗り越えるのをやめて、窓枠に背をあずけ、男のほうを振り返った。

最後にもう一度語りかけてみよう。そう思った。仮にそれが命とりになっても、窓から飛び降りるより、わたしらしいかもしれない。

男を見つめながら、足の痛みを堪えてしっかりと立った。

「もう終わりにしてください」

腹に力を入れ、声が震えそうになるのを耐えた。

すぐそこまで迫っていた男の動きが止まった。

「お願いです。もう終わりにしてください。――英一さん」

フードに隠れた男の目が、じっとわたしを見つめているのを感じた。

第二部

乙霧村の事件から一週間が経った。

わたしはいまだに夢にうなされる。眠りに落ちるとき、明け方に目覚めかけるとき、決まって黒い雲のような物体に追いかけられる。黒い物体には触手のようなものが何本も生えていて、そのすべての尖端に鈍く光る斧が握られている。

わたしは走ろうとするのだが、地面がぬかるんでいて、一歩も先へ進めない。仲間たちはなぜかのっぺらぼうのように何もない顔なのに、笑い声をあげながら軽い足取りで逃げてゆく。

わたしは助けてと叫ぼうとするが声が出ない。

喉に何か詰まっているからだ。

わたしは、いつしか逃げることも忘れて喉に詰まっているものを吐き出そうとしている。喉が張り裂けそうな痛みを伴って飛び出てきたものを見た瞬間、夢の中のわたしは気を失い、現実のわたしが覚醒する。

喉から何が飛び出てきたのか、わたし自身にもよくわからない。

もしかすると、その正体にほんとうは気づいていて、見るのが怖いのかもしれない。

あの日、わたしの呼びかけに、暴行をはたらいていた白いカッパの男は動きを止めた。男は、ゆっくり歩いてわたしの目の前に立った。逃げなければ、という切迫した思いがその短い時間で完全に消えたわけではないが、たぶん大丈夫だと、心のうちで話しかけるもうひとりの自分がいた。

わたしは、白いカッパのフードの陰になってよく見えない両目のあたりを見つめて、できるかぎり穏やかに、もう一度語りかけた。

「もう、こんなことはやめてください。英一さん」

男は反応しない。石像のようにただ立っている。思い違いだったのか、いや、そんなはずはない。男が手にしている斧は見ないようにした。

わたしが開け放った窓から吹き込んだ風でフードが脱げた。

夕方見たときよりもずっと悲しげな顔が現れた。

やはりこの男は、一家五人が惨殺された事件のただひとりの生き残り、松浦英一に間違いないと確信した。

英一だとすれば、当時小学六年生だったのだから、今年の誕生日で三十四歳ということになる。

『乙霧村の惨劇』の中には、ごく簡潔に「父方の遠戚(えんせき)の夫婦に引き取られた」とだけ記述がある。ただでさえ想像を絶する悲劇にみまわれた英一少年を、好奇の目にさらし、第二第三の心の傷を負わせることを避けようとしたのだという作者の気遣いが、文中から察せられた。

一度だけ、この点について泉蓮にそれとなく質問したことがあるが、やんわりとかわされてしまった。

「ああ、触れてませんでしたか」と。

やはり、そっとしておいてやろうという気持ちなのだろう。

それ以来わたしの中で英一は、現在の姓すら知らない、想像しようとしても半分は靄がかかったような存在だった。

その彼が目の前にいる――。

いくらか明かりが差し込んでいるとはいえ、英一の細かい表情まではわからない。たとえば、目は赤く充血しているような気がしたが、断言はできない。ただ、もう雨は止んでいるというのに、両ほおが濡れているのはわかった。

その目には、凶暴さも、狂気の色も感じられなかった。

英一は、斧を持っていないほうの右のこぶしを、わたしの目の前にゆっくり突き出した。どういう意味かと思って見ていると、その手をゆっくり開いた。手のひらには、わたしの熊よけの鈴が載っていた。

英一は無言だったが、受け取れという意味だと思って、ひもをつまんだ。

澄んだ音を響かせて、小さな鈴はわたしのもとへ戻ってきた。

英一はそのままひとことも発することなく、わたしに背を向け梯子段のほうへ歩いていく。途中、一度立ち止まってこちらを振り返った。わたしは身を硬くしたが、英一はそのまま静かに梯子段を下りていった。

英一の姿が完全に見えなくなったあと、耳を澄ませていると、納屋から出ていく気配がした。

わたしは足をかばいながら、慎重に梯子段を下りた。

納屋を出た英一が、自分がはじめたこの悪夢をいきなり放棄したかのように、橋がある方向へ歩いていくのが見えた。わたしは、そのあとを追った。英一はまだ斧を手にしているが、力なくぶら下げているだけだ。

自分でもなぜ、彼のあとをついていくのか理由がわからなかった。

英一から殺意が消えた隙に橋を渡ってしまおうと思ったのか、できることなら英一に声をかけてみたいと思ったのか。

よく知った地形だから、街灯のほんのりとした明るさだけで充分なのだろう。懐中電灯もつけずに進んでいた英一が、立ち止まり、そして振り返った。英一は、わたしの足音で、わたしが足を引きずっていることに気づいたらしく、その場に腰を落とし背を向けた。

驚いた。負ぶされということらしい。ためらっていると、英一はいつまでもその姿勢のまま動かない。しかたなく、わたしは従った。

英一の背中は広く、筋肉が硬かった。ほんの数分前まで生きた心地もなく逃げ回っていた相手に背負われていることは、不思議ではあったが抵抗はなかった。

英一はわたしを背中に乗せたまま、まっすぐ橋を目指して進む。

集落のはずれまで来たとき、わたしは振り返った。もしまだ隠れている人がいるなら、もう大丈夫だと声をかけようか迷った。

少し考えて思いとどまった。絶対に安全という保証はない。せっかく収まりかけた嵐がまたぶり返す可能性もある。終わったのではなく、単なる一時休止かもしれないからだ。

わたしが同行して、このまま英一を遠ざけたほうが賢明かもしれない。


あの騒ぎのあと、静かに番をしていた巨大な犬は、驚くほど太いロープを英一がほどき何か短く命じると、声も立てずすみやかに軽トラックの荷台に乗った。そのまま、ねそべっておとなしくしている。

わたしは、英一の運転する、シートの硬いかなり古びた軽トラックに乗せられ、駐在所まで連れていかれた。

この間、英一とはまったく会話はなかった。わたしはひと言ふた言話しかけたが、英一は何も答えず、ただ正面を見つめていた。

駐在所の入り口でわたしが声をかけると、少しだけ間があって、昼間会った警官が出てきた。

奥の居住スペースで夕飯の途中だったようだ。まだ呑み込みきれていないのか、口をもぐもぐと動かしている。

「なんだ英一。どうした、そんな恰好して」

警官は、英一のすぐ隣に立っている泥だらけのわたしを見て、驚いた表情を浮かべ、しかもそれが夕方見た顔だと気づいたらしく、さらなる驚きと、そして気のせいか少し腹立ちが混じった顔つきに変わった。

「何があったんです？」

わたしは、机の脇にあったパイプ椅子に倒れ込むように座った。どこからどう話せばいいのだろう。話したいことはうんざりするほどあったが、疲れ切っていたので、口から出たのは必要最小限のことばだった。

「松浦地区で、英一さんとわたしの連れがトラブルになりました。わたしは大きな怪我はありませんが、メンバーの安否は不明です。救出に向かっていただけませんか。わたし以外に五人いるはずです」

英一に斧で追い回された、とはなぜか言えなかった。

ただごとではなさそうだと思ったらしく、警官は急にあわてはじめた。所轄署を通じて県警に応援を要請し、救急車の手配を依頼した。そこで警官は英一の始末に困ったようすだった。

一刻も早く現場に駆けつけたいが、問題を起こした一方の当事者であるらしい英一を、ここに残していくわけにはいかないと思っているようだ。詳しくは知らないが、ここには留置できる施設などはないのかもしれない。わたしは助け舟を出すことにした。

「英一さんはもう大丈夫だと思います。ここでわたしが付き添っています」

絶対の自信があるわけではなかったが、早く五人の救助に行って欲しかった。

警官は半信半疑の視線を英一に向けた。英一の反応はない。警官は次に奥の部屋に視線を向けた。自分の家族を気にしているのかもしれない。

最後は、警官としての使命感が心を決めさせたようだ。わかった、とうなずいた。

「わたしが戻るまで、ここから動かずにいるんだぞ」

そう言い残し、白い警察のバイクを飛ばして去っていった。

警官は、英一と学生が喧嘩にでもなったと思ったのだろう。もし、斧を持って集落の中を追い回したとわかったら、置きざりにはしなかったかもしれない。

この先はあとから聞いたことだが、警官が林道の駐車スペースに着くと、全身泥だらけになった哲夫が車のエンジンをかけようとしているところだった。

哲夫は、警官の姿を見るなり、短く叫んで運転席から転げ落ちるように降りた。

走って逃げていく哲夫のあわてぶりを見て、ようやくただの喧嘩ではないと気づいたそうだ。

「待ってくれ。警察だ。もうだいじょうぶだ。安心していい。応援も来る」

立ち止まった哲夫に、もう一度ゆっくりと同じことを繰り返すと、哲夫はその場にへたり込んだ。

「ほかのみんなは？」

警官が問いただすと、哲夫は無言で集落のほうをぶるぶると震える指で差した。

「怪我は？　命に危険のあるような者はいるか」

畳みかけるような警官の質問に、哲夫はただ首を振り、やがて泣きだした。

結局、死体はひとつも出なかった。

一番心配していた玲美も、朽ちかけた狭い〝落とし〟の厠の中で震えているところを発見された。

もちろん、全員まったく無傷というわけではない。英一から逃げ惑う過程で、それぞれ膝をすりむき、手にとげを刺し、顔や頭にすり傷を負った。しかし、あくまでその程度だ。〝全治〟という観点からすると、わたしの捻挫が一番重傷だったかもしれない。

ほかのメンバーたちとは、救出されたあとの病院で顔をあわせたのが最後だ。皆、放心状態で、細かい話などする余裕はなかった。それきり、会話の機会はない。純からは何度かメールが来たが、あの夜の詳細について報告しあうのが目的ではなかった。

二日後に東京のわたしの自宅まで訪ねてきた長野県警の刑事は、あきらかに不機嫌そうだった。

はるばるあんな山奥まで遊びに来て、騒ぎを起こしやがって、そう言わんばかりだ。

もちろん、英一がすべて正しいと思っているわけでもないだろうが、「そもそもおまえらが来なければ、こんな騒動は起きなかった」と考えていることを隠そうともしなかった。「どうせおまえたちが英一を激怒させるようなことをしたのだろう」と。

刑事たちの口から聞かされたほかのメンバーの供述によれば、それぞれ英一に捕まったときには死を覚悟した。しかし英一は襟首をつかんだり、足を払ったりして転ばせると、そのまま引きずっていって近くの空き家や納屋の中に押し込み、次の獲物を探しに行ったらしい。追い詰めること自体が目的であったかのように。


英一の現在の姓は斉藤といい、同じ乙霧村に住んでいるそうだ。

二十二年前の事件後、殺された松浦貴一郎の遠戚に引き取られたとは聞いていたが、まさかそんなに近くで暮らしていたとは知らなかった。ただし、警察からは今のところ、それ以上の説明を受けていない。

警察は英一を、監禁、暴行、傷害、銃刀法違反、そのほかいくつかの容疑で逮捕した。

当人は、逮捕後完全な黙秘を貫いていると聞いた。

刑事が気を遣ってやらないと、みずからトイレに行きたいとも言わないそうだ。まして、事件のことはひとことも語っていないと聞く。

事件直後は、すわ二十二年前の惨劇の再現かと、近隣の村まで巻き込んだ騒ぎになったようだ。マスコミも取材に訪れ、コンビニすらほとんどない村の農道に、威圧感丸出しの中継車が何台も停まったと聞いた。

わたしは、オトギリソウの小さな黄色い花が、都会ふうのスニーカーや、中継車輛の太いタイヤに踏みにじられるようすを想像した。

事件に対する意見は、時間が経つにつれ、ある流れにまとまりつつある。英一の日ごろの人柄を知る住人からは、同情の声すらあがっているらしい。

「英一をそこまで怒らせたなら、襲われた学生のほうが悪い」

皆、口を揃えてそう言うらしい。

昨年のぼや騒ぎとも重なって、また学生どもが悪ふざけをして英一の心の傷に触れた。そんな結論に落ちつきそうだ。

「ふざけた学生たちを脅かすため、英一が斧を持って追い回したのだ」とことばにしてしまえば、わたしたちがあの場で経験した恐怖心は伝わらないだろう。

勾留期間が過ぎれば英一は起訴され、裁判がはじまる。有罪にはなるだろうが、同情的な証人が集まれば、一時的な心神耗弱――つまり、心の古傷を逆なでされた故の逆上状態にあって、善悪の判断がつきかねていた、という理由でその刑はかなり軽減される可能性もある。

では、全員無事なのかといえば、それもまた違う。

そう、浩樹だけがまだ見つかっていない。

事件の二日後、剣川が木曽川に流れ込んですぐの葦原で、浩樹の遺留品が見つかった。

旅行の最中、浩樹が肩からかけていた、メッセンジャーバッグだ。

目に染みるような黄色の地に、黒い文字で有名な自転車メーカーの名が印字してある。

あの日の浩樹の姿が浮かんでくる。この派手なバッグを斜めにかけ、ヤンキースのキャップをかぶっていた。浩樹自身から受ける印象とはあまり合わない恰好だなと思った記憶があるが、このバッグは純があげた物だと判明した。

偶然似たバッグが落ちていた可能性もゼロとはいえない。しかし、純の証言どおり、内ポケットに黒いインクのしみが見つかった。純が買ったその日に、油性ペンを入れておいたところ、キャップがずれてインクが漏れたのだそうだ。使用には問題なかったが「いきなり傷ものになったことが気に入らないので浩樹にやった」ということらしい。

警察はその後、付近の川底などを捜索している。いまだに遺体が見つかったという知らせは受けていない。

バッグが川で見つかったからといって、所有者が溺死したとは限らない。

だが、もしも生きているのだとすれば、いったいどこで何をしているのか。そもそも、なぜ川になど落ちたのか。

下流で誰かに救われたが、いまだに覚醒していないのだろうか。あるいは、目覚めはしたものの、記憶を失っているのだろうか。それとも、何かの事情で名乗りでることができずにいるのだろうか。

サークルのほかのメンバーは、刑事裁判とはべつに、英一を民事的に訴える準備をしている。

なぜそのことを知っているかといえば、わたしにも〝原告団〟に加わるよう誘いが来ているからだ。純から来た何通かのメールというのがそれだ。主動しているのは純で、いずれは頭割りにするとしても、当面の訴訟費用などは純の父親がまとめて立て替えるという。

ところが、わたしがふたつ返事で加わらないことで、いろいろと勘繰られているらしい。

——あの友里とかいう女、サークルのイベントにはほとんど参加しないくせに、今回に限って飛び入り参加したのは変だと思っていたが、何か裏があるのではないか。

——抜け駆けして、自分だけ示談に持ち込むつもりではないか。

〈みんなそんなことを噂していますよ〉と純のメールにあったが、その場面が目に浮かぶようだ。

不愉快ではあるが、面と向かって言われたことではないので、反論することができないことが悔しい。原告の一員になれという誘いを断る合理的な理由はない。ただ、まだいまはその時機ではないという気がしてならないだけだ。

繰り返すが、心に負った痛手は別として、わたしと浩樹を除く四人はかすり傷程度の軽傷だ。もっとも重い診断書が出せるのは、わたしの捻挫と床を踏み抜いたときの擦過傷だろう。そんなところにも、純がわたしを原告の仲間に引き込みたい思惑があるのかもしれない。

しかし、どうしてもわたしは、浩樹の存在を無視して、早々と訴訟を起こす気にはなれないのだ。

純などは「それはそれ」と割り切っているらしいが、一緒にあの場にいた仲間の生死も判明していない状態で、切り離して考えることなどできない。

＊＊＊

事件から十日が経ち、さらに驚くべき事実を知らされた。

西崎浩樹という学生は、立明大学には存在しないというのだ。

すぐには受け止めがたいほどの驚きと同時に、そんなことが判明するまで、どうして十日近くも要したのかという疑問も湧く。

最初は、大学も夏期休暇中で職員の人手が少ないところにこんな事件が起こり、混乱しているのだろうと思った。だが、事情を聞いてみれば、学生名簿に該当する氏名が存在しないため、書類上のミスか似た名前の別人の可能性もあると、詳細に調べていたという。つまり、大学側の不手際をつつかれるのではないかと慎重になっていたらしい。

その結果、一字違いの学生が二名見つかったため、事態はさらにややこしくなった。結局、どちらも完全に別人であることが確実になるまで公表を控えていたという顚末だ。

――浩樹はニセ学生だった。

この事実は、いったい何を意味するのだろうか。

立明大学は、良くも悪くもオープンな校風だ。よほど怪しげな風体でもなければ、門のところにある守衛所で引き止められることはない。校舎の造りも古く、ほとんどの教室の入出にIDカードは必要としない。

今回のことが起きる前にも、ニセ学生がまぎれ込んでちゃっかり講義を聴いていることがあるという話を聞いた。単位修得や学歴が目的ではなく、純粋に学びたい人間なのだから、迷惑をかけなければ排除する必要はないという、おおらかな運営方針のようだ。都内にはほかにも、キャンパスを近隣住人の公園代わりに開放している大学がいくつかあるが、それと似たような感覚だろうか。

浩樹は何を思って、立明大生になりすましていたのか。

講義を聴いたり、『ヴェリテ』のように規律の緩いサークルに学生のふりをして参加することは可能だったろう。ただ、さすがにゼミに潜り込むのはむずかしかったのかもしれない。しだいに、講義を受けるだけでは物足りなくなって、本物の学生と行動を共にしたくなり、サークル旅行にまで参加したとは考えられないか。だとすれば、旅行中ほとんど自己主張しなかったのは、正体がばれるのを恐れていたからかもしれない。

そして、なんとかばれずに同行した旅行先で、運悪く犠牲になった。

また、これはサークルとはまったく関係のない友人が教えてくれたことだが、ＳＮＳでは、「乙霧村騒動」が話題になっているらしい。

気乗りはしないが、あらたな発見があるかもしれないと思い、わたしものぞいてみた。《虐殺現場を物見遊山で訪れたばか学生》――いつのまにか現場で酒盛りをしていたことになっている。ほかにも、《悪ふざけの結果の行方不明者の捜索なんかに税金を使うな》《二十二年前に起きた乙霧村事件の真犯人は、まだ生きている》《立明大学の半分はニセ学生》《英一は過去に十七人も殺して山に埋めている》など、きりがない。

どれもこれも、書いている人間の憂さ晴らしとしか思えない中傷だ。

浩樹はいったい何者か、という憶測も盛んに飛び交っている。

浩樹はニセ学生として潜り込んだ今回の旅行で、たまたまあの災難に遭遇したのか。あるいは、まだ知られていない理由があるのか。

現代は、ネットの標的になるとどんなプライバシーも暴かれるというが、浩樹に関しては人物の特定がまったくなされていない。流れているのは、どれもこれもいかにも嘘っぽい当て推量ばかりだ。

そのもっとも大きな理由として、浩樹の写真が一枚も残っていないことがあげられるだろう。わたしも乙霧村では何枚か写真を撮ったが、ほかのメンバーはちょこちょこと写り込んでいるのに、浩樹だけはどこにも写っていない。

これは偶然でないという気がしている。自分に向けられたレンズを素早く認識して、不自然でない程度に撮影範囲からはずれたのだ。

また、そもそも西崎浩樹という名が本名なのかどうかすらわかっていない。聞くところでは警察もお手上げらしい。遺留品であるバッグには身元が判明するようなカードや免許証は入っていなかった。ニセ学生であるから、大学に正式な書類など出すはずもない。サークルメンバーとも一定の距離を置いていたので、どこに住んでいるのか知っている学生はいない。車には指紋が残っているだろうが、逮捕歴でもなければそこからたどるのもむずかしいだろう。

行方不明者届も調べたらしいが、浩樹に該当しそうな人物は見当たらないとのことだ。まるで亡霊ででもあったかのように、生きた人間としての痕跡がまったく残っていない。

英一が知っている可能性がないとはいえないが、依然、口を閉ざしているらしい。無口で茫洋とした雰囲気だった浩樹の、まったく違うイメージが膨らんでいく。

＊＊＊

泉蓮教授の立場についても触れなければならない。

正直なところ、あまり芳しくない状況にある。

大学と、サークルの顧問である泉教授の監督責任を問う声があがっているらしい。

とくに、〝良家の子女〟組が、フィールドワークと称してたびたび海外旅行へ行って、怪しげなパーティーで撮ったという写真が流出したり、観光地の旅館で未成年者を交えて宴会をしたなどという話が次々に出てくる。思うに、サークル内に存在するもう一派──ちゃらちゃらとした活動を快く思わない、本来の文学好きグループ──による、一種のリークの可能性もあるが、事実であればしかたのないところだ。

少しだけ泉教授の名誉のために弁解をすれば、彼は事件史とその周辺事実を掘り下げ文学に昇華させるための方法論以外にはほとんど興味がない。学生たちが旅に出た先で、日本最古の道祖神を発見しようが、幻の地酒で酩酊しようが、まったく関心を抱かない人間なのだ。

泉教授に、ある程度の社会的知名度があったために、ゼミごとまとめて攻撃の対象になった、という見方も否定できない。さっそくテレビ局や週刊誌から取材の依頼が来たが、すべて断っていると、これは本人から聞いた。拒否されると、好意的な報道をしないのがマスコミだ。

顧問を務めるサークルがあのような騒動を起こした——いつのまにか、学生の悪ふざけが事件の第一義的要因と定まりつつある——こと、サークルの主要構成員がゼミ生だったことや、ニセ学生がまぎれ込んでいたのにこれを看過していたことなどへの、監督責任が問われている。もともとは頼まれて受けた顧問のようだが、そんな事情に斟酌なく矢は飛んでくる。

さすがに教授の立場を辞するまでには至らないだろうが、サークルの顧問を続けることはむずかしいかもしれない。むしろそのほうが当人のためだ、とわたしは思う。

わたしは、乙霧村で起きたことの真相を探ろうと思い立った。

自分の好奇心を満たすためであり、泉教授の置かれた立場が少しでも好転するなら、という思いもある。

そして、あの日抱いたちょっとした違和感が、いまでもいくつか消えずにいる。

たとえばそのひとつが、どこの納屋や物置も、ひどく散らかっていた点だ。人が住んでいないのだから当然という見方もあるが、なんとなく不自然なのだ。最近、誰かがわざと散らかしたような印象を受けた。

松浦家の納屋まで同様だったのはさらに引っ掛かる。母屋はそれこそちりひとつ落ちていないほど掃除が行き届いているのに、どうして納屋だけはあんなに乱雑だったのか。

もし、誰かがわざとやったのだとしたら、それは英一しかいないだろう。

その目的は何か。単なる気まぐれではないはずだ。あの騒動には裏があるかもしれないと思い至った理由は、そこにあった。

そのほかにも、当事者に自分で聞いてみたいことがいくつもある。

騒動のあとではあるし、夏休み中ということもあって、なかなかスケジュールが合わないかもしれないが、なんとか調整をしてみようと決めた。

乙霧村への再訪はさすがに少し苦労しそうだ。しかし不思議なことに、わたしの中にあの村に対する——とくにオトギリソウの黄色い花に対する——懐かしく思う気持ちが日を追うごとに、強くなりつつある。

斉藤邦江（くにえ）の話

東京からわざわざこんな田舎まで、ご苦労さまです。

あなたさまもそうですし、学生さんたちには、えらいご迷惑をおかけして、ほんとに申し訳ない気持ちでいっぱいです。

それなのに、まあこんな立派なお土産までいただいて、かえって申し訳ありませんねえ。マスコミっていうんですか、ああいう人たちはほんとにもう、まったく手土産もなしにずけずけ人のうちまで入り込んできて、礼儀も何もあったもんじゃないですよ。

こっちはショックで何日も寝込んでいたのに――。

ええ、いまはなんとか大丈夫です。

わたしでわかることがあれば、なんでもお話ししますので、どうか英一のことはかんにんしてやってください。

はい。二十二年前の事件のあと、わたしども夫婦で英一を引き取って育ててきました。そりゃ苦労もありました。当時わたしがちょうど還暦の六十歳、夫がその三つ上ですから、まあいろいろとね。

逃げ隠れすることだとは思いませんでしたが、できることなら世間様には知られずにおきたかったですね。なぜってあなた、英一を引き取ったのは松浦家の財産目当てだろうとか、田舎にはいろいろそんな陰口をたたく人間もいますので。そんなものはあなた、貴一郎の酒代に消えてほとんど残っていませんでしたよ。

そうそう、事件のあと何年かして、このことを本にしたいとかいう作家の先生――え、イズミレンさんというんですか――そのイズミ先生が、なんどかこちらをたずねてくださったことがあります。

そのときも、「あれこれ噂になるとかわいそうだから、斉藤家で英一を引き取ったことは本には書かないで欲しい」とお願いしました。ああ、そうですか、ご本にはぼかして書いていただけましたか。約束を守ってもらえたんですねえ。

そりゃまあ、還暦過ぎた夫婦が、心に大きな傷を抱えた思春期の男の子を育てるんですから、いろいろ大変なこともありました。でもまあがんばってきました。三年前に夫を亡くしてからは、むしろ貴重な男手で、ありがたく思っています。

ああ、話が横道に逸れましたね。

話が長くなりそうなので、ちょっと、お茶を一杯いただいてよろしいですか。

――たしかに、殺された松浦貴一郎は、わたしの亡くなった夫とは遠い親戚筋にあるそうです。いえいえ、親戚っていったって、従兄弟とかそんな近いもんじゃないですよ。家系図を引っ張り出さないとわからないような、遠い親戚です。

でもね、そんなことを言いだしたら、この村の住人は、みんな親戚みたいなものです。よく言えば家族のようですが、悪く言うと――なんて言いましたっけ、ああそうだ閉鎖的というのかもしれません。よそ者はなかなか溶け込めない。わたしも嫁いできた頃は結構つらい目に遭いましたね。

それに、村の中の秘密を外の人間には話そうとしないんです。ああ、そうですか、わかっていただけますか。ですがわたしはね、この土地の人間ではないし、少々思うところもあるし、夫も亡くなっていますから、聞かれたことはお答えしますよ。

それで、まずは貴一郎の話ですね。

あの人は偏屈っていうのか、とにかく変わり者でした。

写真を見たことはありますか。あんまりはっきりしたのが残ってない？　そうですか。あのね、あの人相からして、めったにないでしょうよ。どんなって、あごはとがってすごい鷲鼻をしてるし、鷹みたいなきつい目でぎろっと人を睨むんです。ぞっとしますよ。まともに目を合わせられる人はいませんでしたよ。

戦争で満州にも行ってます。昔の陸軍の士官学校を出て少尉さんでしたよ。その頃はまだ、貴一郎の父親も生きてましたね。

とにかく、貴一郎は自分が軍人だったこともあってか、東京の警察官になった息子の隆敏が自慢だったようです。

隆敏は、なんとかいう、エリートさんではなかったそうですね。それでも、あの当時たしか四十歳になったばかりだと思いましたけど、ええとたしか——そう、それです。警部さんだとかで、もうすぐその上に行くんだとか、そうなったら将来は署長も夢じゃないみたいな自慢をされた覚えがあります。たしかに、あの子は頭のいい子でした。ええ、知ってますよ、隆敏のことも稔のことも。

ご覧になったらわかると思いますが、松浦地区は生活には不便ですからねえ。平成になる少し前ぐらいから、だんだん住む人もいなくなって、あの当時は松浦さんとこの夫婦しか住んでいなかったんですよ。そう、貴一郎と菊代さんのふたりだけです。

松浦さんのところは、大正の頃から田んぼより製材所のほうに力を入れてたらしいです。最初の大戦の時分から太平洋戦争の途中あたりまでは、そりゃ羽振りがよかったそうですよ。

わたしは、十八のときにこの村に嫁いできましたから、その前のことはうちの人やご近所さんから聞いた話です。

なんでも、本土が空襲されるようになった頃に、急に母屋を建て替えたそうですよ。ああ、ご存じでしたか。そうそう、敵が攻めてきたときに目立たないように、少し小ぶりで造りも地味になったと聞きました。その前までは入母屋（いりもや）造りというんですか、威風堂々としたお屋敷だったそうですけどね。蔵もひとつつぶしました。それまではふたつあったそうです。息子が軍人なので、なおさら目立ってはいけないと思ったんでしょう。

あそこの当主は、代々、小心者というより計算高い人たちだったみたいですから。

太平洋戦争のあと何年かして貴一郎に代替わりして、まあまあ手堅くやっていましたね。ただ、隆敏は跡を継がないし、自分らももう思うように動けないので、あの事件が起きる三年ほど前に、製材所はまるごと売っぱらったはずです。そのお金があったので、最初は生活には困っていなかったみたいですよ。ただ、貴一郎が大酒飲みなので、酒代や酔っ払って壊したよその家の修繕費だとかで、いろいろ金は出ていったみたいですけど。

くどいようですけど、貴一郎は変わり者でした。もともとの、偏屈で疑い深い性格に癖の悪い酒が重なって、だいぶん、おかしな行動をするようになっていました。ええとなんていったかな、ご先祖の——そうそう、忠重の生まれ変わりとか言われていたそうです。

たとえばですか？――そうですねえ、たとえば突然この家までやってきて、わけのわからないことをわめいて、ぷいっと出ていったことがありましたね。こちらはぽかんとするばかり。あまり言いたくはありませんが、村では嫌われ者でした。

戦地で体験したことも影響していたかもしれませんね。向こうであったことは誰にも話さなかったので、詳しいことはぜんぜんわからないです。でもね、一度なんて、道で挨拶しただけの人に「何を探りに来た」といいがかりをつけて、殴りかかったんですよ。駐在さんだけじゃ収まりがつかなくて、パトカーが来たりして結構な騒ぎになりました。

菊代さんに聞いたことがありますけど、貴一郎は、夜中によくうなされていたみたいです。しきりに「おれじゃない」とかわめいていたそうです。

英一はいい子ですよ。あんなことしたのにも理由があると思いますよ。

近所の人に会えばきちんと挨拶をするし、道にゴミが落ちていれば拾って家まで持ち帰ります。道路の空いた土地だとか、耕さなくなった空き地なんかに、花を植えて回ったりもしています。小さな子どもや年寄りには親切だし、気は優しくて力持ちっていうのはあの子のことですよ。

でもね、血が嫌いなんです。一度、わたしが包丁でこの指のここのところ――ね、ちょっと痕が残ってるでしょ、ここを切ったときなんか、怪我のわりに血がたくさん出たんですけど、英一は貧血を起こして倒れたんですから。

え、斧を振り回していた？　ああ、あの斧は英一にとってお守りみたいなものです。悪いやつが来たら、お父さんが、つまり隆敏のことですけどね、あの斧で退治してくれると思ってるんですよ。二十二年前みたいに。もちろん、事件に使われた斧じゃありませんよ。あれは警察が持っていったそうですから。この家にあった錆だらけの斧をどっからか探してきて、英一がきれいに研いだんです。

ふだんはあれで薪割りをしたり、松浦地区の枝払いに使ったりしてるみたいです。

それから雨が苦手です。とくに、夕立とか台風みたいな強い雨が降ってくると、あの夜のことを思い出すらしくて、気持ちが不安定になるんです。


高校を卒業したあと、英一は進学せず、うちの畑の仕事やお蚕さんの世話なんかを手伝ってくれていました。そりゃ、助かりましたよ。あの体ですから、二人前は働きました。ご飯は三人前食べましたけど。

そういえば、あの体は誰に似たんですかねえ。お父さんの隆敏も貴一郎も背は高かったけど、あんなに筋肉質ではなかったですね。

車の免許をとってからは、軽トラックで町まで買いものにも連れていってくれるし、いい子でしたよ。いまは、警察に連れていかれちゃって困ってますよ。

こんどは稔のことですか。二十二年前の事件を起こした張本人の。そうです、稔もこの村の出です。集落からは少し離れたあたりに住んでましたが。

あっちのほうに、大きな養鶏場の跡があったのに気がつきましたか？　あの近くです。そう、二十年ぐらい前までは肥溜めもありましたよ。臭うんで、あんまり近くに人は住まんですから。

ええ、みんな知ってますよ。当時からいる人はね。こう言ってはなんですが、大げさでなくて、ほんとに風が吹くとつぶれそうな、家というよりは小屋でしたね。

見たいですか。残念ながら、今はもうありません。写真なんてありませんよ。誰がそんなもん撮るんですか。今は更地というか、畑にする人もいないので、まあ荒れるにまかせたというところでしょうか。このあたりはそんな土地ばっかりになって。

そうそう、毎年いまじぶんになると、オトギリソウがいっぱい花をつけますよ。

とにかく、そんな貧しい家で生まれて育ったんです。

稔は、いわゆるててなしごというやつで――ああ、いまはそんなふうには言わないんですか。まあとにかく、父親が誰だかわかりませんでした。

順番に説明しますよ。

稔の母親は民子というんですが、やっぱりこの村の出で、早くに両親が死んでどこかの施設に入っていたらしいんです。それが、高校を卒業したあと村に戻ってきて、松浦製材所で働きだしました。そうです。貴一郎が経営してた製材所です。

戦後の農地解放で田畑はかなりとられてしまったけど、どういう具合か山林はほとんど残ったので、材木商みたいなことをしてましたね。

そりゃ、貴一郎は大きな顔をしていましたよ。この村で農業以外の働き口といえば、役場関係か製材所しかなかったですから。運搬の仕事も含めてね。多少傾いたとはいえ、村長や村の顔役だって松浦家には遠慮がありましたよ。嫌なやつだけど、力はあるから真っ向からは逆らえない、そんな感じでしょうか。

身寄りのない若者だとか、戦争で大黒柱を亡くした遺族だとかを、相場より安い賃金で雇うのが貴一郎のやり口です。

もちろん、その頃はわたしもここへ嫁いできてましたから、何があったのかよく知ってます。

民子が製材所で働きはじめるときに、貴一郎がさっき言った掘っ立て小屋みたいなところに住まわせたんです。いまでいえば、社宅っていうんでしょうか。ずいぶん、みすぼらしい社宅でしたけどね。金もとってないと自慢してましたけど、あたりまえですよ。

それでも、ほかの従業員にはそんなことすらしなかったですから、民子のことはずいぶん気に入ったんでしょうね。

民子がそこへ住んで一年ちょっと経った頃に、子を産んだんですよ。それが稔です。

もちろん、なんども言うように、民子は独身でした。夜這い？　嫌だ、顔が赤くなりま

すよ。あなたも古いことばを知ってますね。そりゃ、わたしの母親たちが娘の時分には
あったらしいですが、いまそんなことしたら警察呼ばれますよ。
民子が孕んだ頃にはそんな風習はなかったですから、何か事情があったんでしょうね。
民子は美人というのとは違いますが、可愛らしい娘でね。独り身の若い男にはそこそこ
人気があったんじゃないでしょうかね。
それが、稔が五歳になるかどうかの頃に、同じ製材所で働いている五歳年上の戸川政
男という男と結婚しました。ええ、戸川というのは、結婚したあとの名字です。政男も
民子と同じく、身寄りがありませんでした。政男が稔の父かって？　違います違います。
デーエヌエー検査とかで調べなくても、わかりますよ。結婚したのだって、恋愛結婚と
か、そんなんじゃないと思いますよ。
噂はありましたよ、いろいろとね。無理矢理くっつけられたって。だって、考えても
みてくださいよ。製材所の、身寄りもないぺーぺーの従業員どうしが結婚するのに、村
の助役さんが仲人ですからね。有無は言わせないってことでしょ。
ただ、いきさつはどうあれ、民子と政男は仲良く暮らしていましたよ。好きあってい
たんじゃないですか。喧嘩してるところなんか見たことないですしね。休みの日には政
男が日曜大工で小屋を増築してました。晴れた日にはここまで、とんてんかんとんてん
かんと聞こえてきました。
政男のあだ名は『ヨーヨー風船』っていうんです。ほら、夏祭りとかで水に浮かせて

子どもが釣ってる、ゴムのついた風船ですよ。

どうしてかっていうとね、村の寄り合いがあると、たいていはその流れで宴会になるんですけども、政男はいつもゴムで引っぱられた風船みたいに、大急ぎで家に戻っていったそうです。まあ、これには理由があったんですけどね。

噂でもいいから、稔の父親が誰なのか知りたい？

そうですか。まあ、これは言わんとならんですかね。さすがに、ちょこっと胸が痛みますよ。

あなたも、うすうす感づいてたんじゃありませんか。そうです。戸川稔は、松浦貴一郎が民子に産ませた子なんですよ。

証拠なんてものはありません。でも、みんな知っていることです。知ってて知らんぷりしてたんです。貴一郎に睨まれるのが怖いから。もちろん、さっきお話に出たイズミレンとかいう作家先生にだって話しはしませんよ。だって、ご本になんか書かれたら村の恥さらしですもの。

お手つきをした若い女に結婚相手をあてがって、面倒をみるかわりにうやむやにする。それだけならまだいいですよ。そのあと、女と産ませた子が幸せに暮らすなら。

ひどいじゃありませんか。民子は、結婚したあとも貴一郎のなぐさみものだったんです。

そうです、結婚したあとも続いていたんですよ。それこそ夜這いなんてものじゃない。

亭主の政男を松本のほうまで使いに出したりして、その隙にだとか。

みんな「知らぬは政男ばかりなり」って陰口きいてましたけど、わたしはね、政男は気がついていたように思いますよ。だから寄り合いのあとも、ヨーヨー風船みたいに飛んで帰ったんですよ。

それでも一家三人、仲良く暮らしてましたよ。

ところがねえ、稔が中学にあがる頃から、戸川の家はだんだん悲惨になっていくんです。あれですね、神様っていうんは、あんまり人間の幸せそうな顔が見たくないんでしょうかね。

まず、政男が製材所の事故で、片腕をなくしてしまいましてね。

わたしなんか、あののこぎりは怖くて近づけないですよ。労災とかいうのがどうだったかは知りません。とにかく、いままでどおりの仕事ができなくなって、貴一郎は楽な仕事をあてがうどころか、政男をクビにしたんです。ひどいでしょ。さすがに、ふだんから貴一郎の行状を快く思っていない村の衆が乗り込んで、談判したらしいですけど、聞く耳もたずです。

政男は困ったと思いますよ。この村には極端に働き口が少ないし、かといって隣村あたりに出てみても似たような事情ですからね。政男は、よその畑の助をしたりしてなんとか金をかせいでいました。

次の悲しいできごとは、稔がたしか中学三年生のときです。

民子が仕事中に倒れて、そのままあっけなく死んでしまったんですよ。人間、明日のことはわからないって言うけど、ほんとですよ。

頭の中に血が溜まったんだそうです。働きづめだったので、過労だろうとみんな言ってました。そして、民子の葬式が終わって三日目ぐらいでしたかね、政男が首を吊って死にました。それも、貴一郎の屋敷の松の枝に紐をぶら下げたんです。

見つけたときのことは、菊代さんに聞きました。そう、貴一郎のおかみさんの。

朝起きて、雨戸を開けたときに、山から差し込んだ朝日に染まって、政男の体がぶらぶら揺れていたそうです。あの光景が瞼に焼きついて離れない、って言ってましたね。わたしなんて、聞いただけで夢に見たもんですよ。

ええそうですよ。あなたが見たという、いまも松浦の屋敷に残っている松の木がそれです。

その後貴一郎は、ひとりぼっちになった稔を、施設にあずけて知らんぷりです。

稔が自分の生まれの事情をいつごろから知っていたか、それはちょっとわかりません。ただ、あの子は隆敏に負けずに頭のいい子でしたから、うすうす感づいていたんじゃないですか。それにあの子は疳の虫が強くて、小さいときから思うようにいかないと大人に向かって石を投げつけるような子どもでした。

わたしらはあとから知ったんですが、稔は施設にはひと月もいないでどこかに行ってしまったそうです。それっきり、この村の誰も稔を見ていません。二十二年前のあの日まで。

そうですか、イズミ先生のご本では、村の人間が戻ってきた稔に声をかけたことになっているんですか。でも嘘とは言いませんが、それはたぶん脚色っていうんですか、そういうのだと思いますね。誰も気がつかなかったと思いますよ。

死体の確認に村の男衆が呼ばれて行ったけど、最初は誰だかわからなかったと聞きましたから。ずいぶん顔つきが変わっていたとみんな言ってましたよ。

兄弟？　まあ、そういうことになりますね。

隆敏と稔は、つまり腹違いの兄弟だったんです。

とうとう、あの日のことですか。――わたしは直接見たわけではないんですよ。警察から聞いたことか、英一からときどき小出しに聞いたことのつなぎ合わせですから。それでもいいですか？　そうですか。

あの事件があった二日ほど前から、松浦家の息子夫婦、つまり隆敏と嫁の聡子、それに貴一郎の孫にあたる綾乃と英一の四人で東京から遊びに来ていたんです。

隆敏はわたしも小さい頃から知ってます。さすがに貴一郎の息子だけあって、気性の激しいところもあったけど、話せば道理のわかる子でしたね。

そのときも、年寄りの夫婦だけであんな不便なところに住んでいないで、せめて村のひらけたあたりに引っ越したらどうだって、説得しに里帰りしていたらしいですよ。皮肉なもんで、ほっぽらかしにしてれば、あんな目に遭わずに済んだのにって思いますね。

　事件のあった日の天気は、よく覚えていますよ。

　昼間、真っ青に晴れあがっていたのに、夕方になってみるみる真っ黒い雲が空を覆って、夜みたいに暗くなったんです。夕立ではなくて、台風が近づいてきて大雨警報が出てたんですよ。

　松浦さんのところでは、夕げの支度をしているところだったようです。

　台所とか部屋のようすを見ると、まだ料理中で、晩ごはんのおかずは、お刺身と天ぷら、それに煮物だったと聞きましたよ。

　そこへ突然、稔がたずねてきました。貴一郎は晩酌をはじめていたんですね。息子の隆敏は、ちょっと用があって、中学校時代の同級生の家をたずねていました。

　たぶん、無理矢理押し入ったんでしょうが、稔は囲炉裏端で酒を飲んでいた貴一郎と口論になったんですね。何が理由って、そりゃ子どもの頃からの、積み重なった恨みが爆発したんでしょう。

　口論になっているところに、運悪く隆敏が帰ってきました。会っていた同級生の話だと、隆敏は古い自転車に乗ってきていて、夕立が降りそうだったので家にあった白いカッパを貸してやったそうです。隆敏はこのカッパを着たまま死んでましたね。元の色がわからないぐらい血にまみれていたそうですよ。おお、嫌だ。

　ええと、話が前後しましたね。とにかく隆敏が帰ってきて、火に油を注ぐ、とかいう状態になったんでしょうね。包丁は、稔が持ち込んだのではなくて、松浦さんとこの物だそうです。

母屋では三人が亡くなりました。貴一郎と菊代さん、それに嫁の聡子さんの三人はほとんど即死だったと聞きました。

隣の納屋では、まだ中学生だった綾乃ちゃんと隆敏、それと斧で頭を割られた稔の死体が見つかりました。

阿鼻叫喚とか修羅地獄とか、わたしにはそんなことばが浮かんできます。

兄が弟の頭を割るなんて、オトギリソウのお話のままじゃないですか。中には、忠重に殺された弟、芳重のたたりだなんて言うものもありましたよ。

稔のことは、同情もしてるんですよ。かわいそうな生い立ちでしたからね。でも、なにも子どもまで手にかけなくたってと、わたしらは思いますけどね。ひどい話です。

とにかく、あのとき松浦地区にいた七人のうち、六人が命を落として、英一だけが助け出されました。かわいそうに声も出せずに、納屋の二階で藁に埋もれて震えていたそうです。

これが、二十二年前、乙霧村松浦で起きた悲しい事件です。

その後の英一ですか。はい、すぐにわたくしどもで引き取りました。

自分らに子がないから、英一に老後の面倒をみさせるつもりだろうなんて陰口たたく者もいましたけど、どうしてどうして、そんな理由で子どもなんて引き取れませんて。親戚たってほとんどつながりのないような子を引き取るんですからね。

さっきもちょこっと言いましたけど、貴一郎が残した遺産目当てだなんていう噂もありましたが、そんなもん、たいして残ってないですよ。仮にあったとしても、英一のもんですからね。

わたしらなりに、きちんと育てようと思いましたし、そうしたつもりです。それが、こんな事件を起こすことになるなんて――。

ええ、なんども言いますがふだんはいい子ですよ。口数は極端に少ないので、学校では友達もあんまりいなかったみたいですけどね。幸い偉丈夫なのでいじめられたりとかはしなかったようです。

高校も成績がどうとかでなくて、この家から一番近い学校に進学して、卒業したあとは家の手伝いをしてくれています。うちもそう広くはないですけど、田んぼだとか少しばかりお蚕さんもやってたりしてますから、助かってます。刈り入れまでには、帰してもらえるんでしょうか。男手がないと困ってしまって――。

あら、こんな時間、そろそろお昼ですね。何もないけど、おそうめんでも茹でましょうか。

いえいえそんな、遠慮するようなものじゃありませんから、お話の続きはそのあとにしましょう。

酒井玲美の話

ほんとは、今日はちょっと用事もあったんですけど、友里さんにはお世話になったし、それと——まあ、いいです。それで、聞きたいことってなんですか。

最初にお断りしておきますけど、あのとき隠れていた場所については一切ノーコメントですから。女性ならわかるでしょ。雨に濡れれば、お腹だって痛くもなるし。

そんなことより、ちょっとこれ見てくださいよ。ここ、傷になってるのわかります？ひどいと思いません？　逃げるとき、ぶつけたんです。これ、消えなかったらマジ賠償してもらいたいです。あの英一とかいう男。

ええと、まずはあの企画に参加した理由ですよね。

たいして深い意味はないですよ。なんとなく、っていうのが正直なところですね。まあ、夏休みのグループ旅行は『ヴェリテ』の定例会みたいなものだし。それに、泉ゼミの前期の課題は、ヴェリテの旅行記としてまとめると点が甘いっていう噂ですから。

え、そんなことないんですか？　まあ、どっちでもいいんですけどね。

もちろん、サークル内には、ほかにもいくつか企画はありましたよ。友里さんもご存じだと思いますけど、北陸とか京都とか。

〝馬籠行きチーム〟を選んだポイントは、やっぱり、泉教授に関係ある『乙霧村』に立ち寄るってところですかね。ほら、わたしって、ゼミも泉先生だし。やっぱり、ここでちょっと印象に残っておくと、課題にプラスポイントつくかな、とか。でも、関係ないんでしたっけ。友里さんが言うならそうなのかもしれないですね。

ロケ地？　ああそういえばそんな話もありましたね。でも、どうせ嘘でしょ。ほかの人は知りませんけど、わたしは興味ないです。

幹事役というか、企画を立てたのは純ですね。彼って、細かい計画を立てたりするタイプではないんですけど、あれこれ変なこと思いつくのは天才なの。たとえば、あのドッキリの斧とか。そうですよ、たぶんあれも純の発案です。

でも、思いつくだけで、細かい準備とかするのは苦手なんです。あの斧も、テレビのバラエティ番組か何かで見て、どこかで探して買ってきてくれって、浩樹君に頼んだみたいです。それ以外にも、サークルの集まりではよく浩樹君のことあごで使ってたわね。そうそう、浩樹君っていえば、彼、ニセ学生だったたって。びっくりしちゃった。

誰も気づいた人はいないのかって話題になってるみたいですけど、でもまさか「あなた、ほんとにうちの学生ですか？」って、いちいち聞きませんよね。わたしたちが特別ぼんやりしてたわけでもないと思うけど。

え、もっと浩樹君のことが知りたいんですか。もしかして、お気に入りだったとか。友里さん、気が合ってる感じでしたもんね。あ、ごめんなさい、よけいなこと言って。

でも、ほんとに何も知らないんです。彼、ぜんぜん目立たないし、サークルでしか見かけたことないし、っていうか、今回の旅行のミーティングで自己紹介するまで、名前と顔も一致しなかったし、ああそういえばこんな人いたかなっていう感じです。そうそう、IDカードで出欠をとらない授業は、ちゃっかり受けてたみたいですね。言ってくれればわたしの代わりにノートとってもらったのに。

ええと、煙草、吸っていいですか。

どうも――ふう。

彼の行方不明については、とくに何も感じません。

だってそうじゃないですか。学生でもないのに、自分からわざわざ潜り込んで参加したんだから、自己責任っていうか、自業自得っていうか、わたしたちが巻き込まれたのとは、ちょっと意味合いが違うっていうか。

ほかの人との関係ですか。

そうですねえ、さっきも言いましたけど、旅行の準備なんかしてても、純にあれこれ命令されるのが、本人的にはまんざらでもないみたいでしたね。お古のバッグとかもらって喜んじゃって。

宿の手配とか車の事前整備だとか、みんな浩樹君がやったらしいですよ。

つぎは哲夫隊長ですか。

うーん、どうしよう。

あのう、わたしが話したってことは、本人には言わないでもらえます？　約束ですよ。

わたし、あの男、大嫌い。

どうしてって、とにかく虫唾が走るってやつ？　ゼミ内では結構有名な話なんですけど、あいつ、いやらしいんです。いつもわたしのこと、じっとり見てるの。堂々と誘えばいいのにって思う。でも、そしたらソッコーで断るけど。ふふ。

いいえ、わたしだけじゃなくて、ゼミとかサークルの可愛い感じの子、何人かにそんな感じです。誰でもいいのかよって感じで気持ち悪い。

コウハ？　ああ、硬派のことですね。たしかに、男が相手だとか、屁理屈をこねるときは、急に態度が硬くなることがありますね。

そうそう、硬派っていえば純に聞いたんだけど、あいつのお父さん、なんとかっていうローカル新聞を発行してるんですって。市民運動みたいなこともしてて、なんだか企業とかからの協賛金で運営してるらしいです。興味ないから聞き流しちゃったんで、それ以上具体的には知りません。純が「市民運動っていっても、いろいろあるからな」って意味ありげに言ってました。警察が嫌いとか、なんだかやけに威張ってるところとか、なんとなくその影響かななんて。――あ、これ以上はやめておきます。恨まれるとめんどくさそうだから。友里さんのことも、百パーセント信用してるわけじゃないし。あ、ごめんなさい。

昌枝と純の関係ですか。

もう、あんまり話したくないな。もう一本、失礼。――ふう。煙草やめられなくて困ってます。

昌枝って、あんなにいつも仏頂面してるくせに、やることはやってるんです。具体的に言うと、妊娠して中絶もしたって話です。

あはは、びっくりしてる。笑っちゃうでしょ。で、相手は誰だと思います？　これは爆弾。そう、友里さんも知ってる人。——ピンポン。さすが年の功。あ、失礼しました。純なんです。

彼、どういう趣味してるんだか、コンパで酔った勢いで、ホテルに連れ込んで昌枝に手を出したらしいの。なんだか酔いつぶれて、介抱してもらって、むらむらきて、気がついたら朝だったたって、アホかって話。それで運悪く命中したみたい。

医者の診断書もあるし、ベッドで寝てるところの写真も撮られたんだって。それって、やることが男女逆だろっての。あはは。それで、処置のお金と少し余分なお金を親に出してもらったらしいけど、それっきり手も握ってないと思いますよ。

いえいえ、昌枝が自分から言いふらしたんじゃなくて、哲夫が嗅ぎつけたんです。

哲夫って、人の弱みとか隠しごとを探知するのが得意で、結構いろんな学生のネタを握ってるみたいです。いくつもサークルを掛け持ちして、コンパの席とかで酔った勢いで口が軽くなった学生からいろいろ聞き出すのが手口みたい。

昌枝のことを知ったきっかけは知らないけど、昌枝が誰かに処置する方法でも相談して、それが伝わったのかも。もしかすると、処置した病院ぐらいはつきとめているかもしれないな。うん、それぐらいのことはしますよ、あいつは。

哲夫の狙い？　さすがにお金はゆすらないですよ。頭がいいから犯罪になりそうなことはぎりぎり避けるみたいです。相手によって、要求を使い分けるのかな。

純に対しては、このあとじっくり考えるんじゃないですか。

世界的に有名な自動車メーカーの重役の息子が、酔った勢いで女子学生を妊娠させて、しかも中絶させたとか広まったら、ものすごいマイナスイメージでしょ。っていうか、週刊誌もワイドショーも、食いつくんじゃないの。

え、昌枝は最初からそのつもりだったんじゃないかって？

哲夫にそそのかされてホテルに入るところから計画を立ててたとか？　友里さんも、結構鋭いところ突きますね。

たしかにまあ、昌枝も苦労してるみたいで、セレブにはいわれなき恨みを抱いているようだし、哲夫みたいなちょいアンダーグラウンド男とは、意外に接点があったりするかも。そもそも、正体をなくすほど酔っ払ってたのに、役に立ったのかっていう話も——危ない危ない。あんまりべらべらしゃべるとこっちに跳ね返ってくるから。

それに、そろそろ行かないと。

そうだ。最後にわたしからも一個だけ聞いていいですか？　友里さんもニセ学生だとか裏口入学したとかっていう噂がありますけど、ほんとうですか？

新堀哲夫の話

たしかに、学食っていうのはいい考えですね。いまは夏休みであんまり学生の姿も多くないし、この席なら誰かに聞かれずに済みそうですね。

いいえ、かまいませんよ。親父が仕事を発注してる印刷所が近くにあるんで、きょうはその遣いに来たついでです。しかし、あのときはひどい目に遭いましたね。まあ、捻挫程度でって言ったら失礼かもしれませんが、それで済んだのはラッキーだったんじゃないですか。

え、悪ふざけ？ あの英一とかいう男がそう言ってるんですか？ じゃあ誰が――ああ、友里さんの考えですね。でも、悪ふざけと呼ぶにはちょっと度が過ぎませんか。

ところで、聞きたいことってなんですか。ああ、なるほど。そもそもあの旅行に参加したきっかけですか。――そうですね、日本文学を専攻する身としては、藤村生誕の地は訪れておきたいし、その途中で泉教授の著作に出てくる場所に寄ると言われれば、ふつうは参加するんじゃないですか。おれはゼミ生でもありますし。――ってことでいいでしょうか。

ああ、まったく信用してない顔ですね。わかりました。べつに隠すようなことでもないから言いますよ。誘われたんですよ。浩樹に。そうです。純じゃなくて浩樹に。

ちなみに、ロケ地云々には興味ありませんでした。でも、めんどくさいんで、興味あるような顔してただけです。

とにかく、員数合わせ程度のお誘いで「男子の集まりが悪くて、いまだに純と自分だけなので、行動力のある哲夫さんがいると助かるんですけど」みたいなこと言われて。まあ、おれも頼まれたら嫌と言えない性格ですから。なにしろ〝隊長〟ですから。

でもまさか、あいつがニセの学生だとは思わなかったなあ。自分でも結構目ざといほうだと思ってたんですけど、気がつかなかった。まだ、修業が足りないな。

サークルでしか付き合いがなかったから、個人的なことは何も知りません。

好きか嫌いかと問われれば、嫌いでしたね。虫が好かないっていうのかな。なんだかつかみどころがないでしょ。どういえばいいかな。――たとえば、純のやつとかは、気に食わないところがはっきりしてますよね。湯豆腐にぶち込んだフライドチキンみたいにわかりやすい。こんなもん食えるかって、喧嘩のしようもある。だけど、浩樹は湯豆腐に入れた生湯葉みたいなやつで、いるんだかいないんだかよくわからない。ぐにょぐにょしてるし。ちぎれてそのへんに潜り込むし。今回真っ先に犠牲になったのは、必然といえば必然じゃないですか。

え、浩樹のことも嫌いだったのに、どうして旅行の誘いに乗ったのかって。

なんだか参加の動機にこだわりますね。でもまあ、人手が足りないと頼まれたから、としか言いようがないですね。

浩樹のことを虫が好かない、もっと具体的な理由ですか？——たとえば、旅行が決まったあとにも、あいつがコソコソ純に提案するわけですよ。こんなことしましょうよ、って。そうすると、純が自分の思いつきみたいにみんなに意見を聞く。まず玲美が軽いノリで賛成して、昌枝も反対しない。てことは、結果的にあの生湯葉男の計画に乗ってるってことになるんです。

ひょっとすると、あのオモチャの斧だって浩樹の案かもしれない。

英一に捕まったとき、なんといって脅されたか、ですか。

ええと、なんだったかなあ。たしか「そこから動くな」とか「じっとしてろ」とか、そんな感じだったと思います。ただ、断言はできません。だって、友里さんも覚えてるでしょ。殴られた記憶はないですよ。斧も顔の前に突き出されたりはしませんでした。それこそ〝極限状態〟だったじゃないですか。そんなに一言一句正確には覚えていませんよ。それに、よく考えたらこれは裁判で出てくる案件だから、全部オフレコで。

松浦地区で逃げ回っていたとき、どうして友里さんに肩を貸したのか、ですか。それを聞きますか。人としてあたりまえだと思いますけどね。あとあとの見返りを期待していたわけではない——ってことにしておきましょうよ。もちろん、お返しをいただけるなら断りませんけど。へへ。

純のことをどう思うかって？　それ、まじめな質問ですか。まあ、ご承知のように仲がいいとは言いがたいですね。旅行中もよく口論になっていたのを友里さんも見ましたよね。ふだんもあんな感じです。

純だけじゃなくて、御曹司とかご令嬢とかいってお高くとまっている連中は、そこから引きずりおろしてやりたくなります。おれがあいつを嫌いなのは、性格や顔もあるけど、とにかく苦労知らずのボンボンだからです。

だったらどうして玲美のあとを追っかけてるかって？　あはは、あの女がそういう噂を自分で広めているんです。おれみたいな男と仲良くしてたら、世間体が悪いんじゃないかな。まあ、おれのほうはそんなことはどうでもいいので、否定も肯定もせずにおきます。

なんか納得いかないみたいですね。

ええ、サークルはいくつか掛け持ちしてますよ。わりと軟派系のところを。『ヴェリテ』なんて、一番堅いほうですね。

ふん、知ってますよ。あなたが、こそこそおれのこと聞いて回っていたのは。

何か収穫ありましたか？　なるほど。夏休みであんまり捕まらないですか。でも、話せたとしても、何も出てきませんよ。徒労ってやつですね。

昌枝の妊娠の一件は、純の弱みを握るため昌枝とふたりで仕組んだのかって？　ははあ、わかった。玲美あたりから何か聞いたんですね。まったく、あの女は口が軽いからな。そういうことを洩らすと、自分で墓穴を掘ることになるって、気がつかないのかな。

わかりました。だったらこっちも彼女のことを少し教えてあげますよ。

——彼女の実家が設計事務所やってて、金持ちとかいうのは嘘です。賭けてもいい。根拠？　彼女の父親の名前で、《設計事務所》を検索してみてください。ヒットしないんですよ。いまどき、自前のウェブもない、業界関連の紹介サイトにも載ってない、そんな設計事務所ってあるかよって話です。そのこと、ちょっとだけ匂わしたら、玲美のやつなんだか真っ赤になって言い訳してた。まるっきりの嘘じゃなくて、とっくに商売畳んだのにそれが言いだせないってことでしょ。まったく、はじめからそんな見栄張るなっての。

たしかに、一見金持ちに見えますけど、違うんですよ。あいつには、金づるのおっさんがいるんです。しかも、ひとりだけじゃない。エンコーっていうか、ほとんどウリですね。——信じる信じないはご自由に。

だけど、友里さんは、基本的に人間を好意的に見過ぎです。どいつもこいつもドロドロですよ。たとえば玲美なんて、一度、金が続かなくなって縁を切ったサラリーマンがしつこくするんで、ちょっとおれの親父の知り合いの強面に頼んで追い払ってやったこともあります。

詳しいことはかんべんしてください。

だけど、学校内での玲美の立場もあるし、〝玲美〟っていうブランドイメージもあるから、人前ではおれが追っかけてるみたいな関係にしてるけど、ふたりだけになると、こっちのいいなりですよ。セミプロみたいなもんだから、技もそりゃもうなんでもあり。内心は嫌っているかもしれないけど、べつにこっちは心なんて求めてないですから。あ、レディの前で言い過ぎですかね。いい人だなんて言われて、ちょっとあまのじゃくが出たんでしょうか。

小野寺純の話

わざわざ来てもらって申し訳ないですね。これからこの部屋で誕生会をやるので、留守にできないんです。ええ、そうです、マンションは親の持ち物です。べつにすごくもないですよ。資産運用だとか丸め込まれて買ったみたいです。

優雅ですか？　そうかなあ。もしよかったら、友里さんもパーティーに参加されませんか？　サークルのメンバーも何人か来る予定だし、酒も料理も余裕あるし――まあ、無理にとはいいません。学年も……ええ、まあいろいろ違いますしね。それじゃ、本題に入りましょうか。

そうです。今回の旅行の発起人はぼくです。教授に企画書を出したのもぼくですし。乙霧村へ行こうと思い立ったのは、ロケがあると聞いたからです。ええと、父の会社が、何局かテレビの帯スポンサーやってます。つまり、特定の番組じゃなくて時間帯を買い取るんですよ。だからいろんなコネができます。その関係で入ってきた情報です。

え、嘘？　誰が言ってるんですか。――なるほど、友里さんの推理ですか。ほんとは、もうその話はしたくないけど、かといって何も言わずにいると、ぼくばっかりが悪者にされてしまいそうですからね。言いますよ。

たしかに、ドラマのロケの話は真っ赤な嘘です。理由？　皆を参加させるためです。ただ「乙霧村を見に行こう」っていうだけだと、メンバーが集まらない可能性があるでしょ。まあ、昌枝だけはたとえ行き先が月面探検でも来たと思いますけど。あの女とふたりきりとかシャレにならないし。でも、ロケ地になるって言えば、ミーハーなやつが何人か来るなと思ったから。狙いどおりまず玲美が来たし、それに食いついて哲夫も来た。とまあ、そんな感じです。

え、信じてもらえない。じゃあ、どんな理由だというんですか。

友里さん対策で、みんなで口裏を合わせた？　どうしてそんなことをする必要があるんです？　友里さんが根掘り葉掘り聞かないように、安全装置としてロケの話を用意して、みんなで適当に話を合わせたと――。

なるほどなるほど。友里さんて、なんだかほわほわした人かと思ったけど、食いついたら離しませんね。やっぱり、浩樹の言うとおりだった。

あいつが言いだしたんですよ。今回追加メンバーになった友里さんは、きっと「どうして皆さんは乙霧村へ？」って聞いてくるから、ロケの話でも聞かせておけばいいですよ、って。友里さんは興味を持たないから調べないはずだ、って。ほんとにそのとおりだった。

ところで、旅行前はともかく、いまさら目的地が乙霧村だった理由にどうしてそんなにこだわるんです。

泉教授は前期の課題を『ヴェリテ』の紀行文形式にすると点が甘くなるって聞いたからです。——誰から？　三年になったときには、そういう噂でしたよ。直接聞いたのは誰からだったかな。あ、浩樹かも、でもおかしいですよね。あいつゼミ生じゃないのになんでそんなこと知ってるんだ。あはは、だまされたかな。まあべつに、上高地でも箱根でもどこでもよかったんですけどね。

春先に浩樹がぼくのところにやってきて「友達もあんまりいないので、純君たちの今年の旅行に同行させてくれないか」って言うんです。そのときは、ニセ学生とは知りませんからね。べつにいいよ、って答えたら、目的地はどうするのか、って聞くんです。何にも決めてないって言うと、「だったらぼくが計画を立てるし、事前準備もするので乙霧村にしよう」って。泉教授の代表作に出てくる土地だし、前期の課題に使えば二重にポイントが高くなるかもって言われて納得しました。

ほかのメンバーも自分が説得して集めるからって言ってましたけど、ほんとでしたね。だけど、こう言ってはなんですけど、大学生がちょこっと旅行に行くのに、いちいち深い理由なんてないですよ。友里さんみたいに「どうしてどうして」なんて聞いて回る人間のほうがめずらしいかも。

ていうか、なんだか事情聴取みたいですね。あの騒ぎの原因がぼくにあるって言いたいんですか？　たまたま幹事役みたいになってたけど、いま話したとおり、こまかいことはぜんぶ浩樹がやったんです。それに、暴力振るった悪党は、あの英一とかいうやつじゃないですか。それなのに、友里さんは裁判にも名前貸してくれないし。

もうそろそろいいですか。

え、哲夫のことですか。

あいつの話はあんまりしたくないな。友里さんもあいつとはあんまりかかわらないほうがいいですよ。昌枝と哲夫が何か企んでいたというのはうすうす気づいてます。

あいつらとの関係は、今回の旅行とかトラブルにはまったく無関係なので、ほじくりかえさないでください。友里さんにもノーコメントです。

――あ、おまえら、もう来たのか。なんだよ、手ぶらでいいって言ったのにワインなんか買ってきて。それ、ケーキか？　たぶんダブるぞ。打ち合わせしろっての。

あのな、悪いけど、ちょっとそっちの部屋で待っててくれ、お客さんなんだ。この人？　いや関係ない。もうすぐ帰るから。――友里さんすみません。そろそろ友達が来る時刻なので、このへんで終わりにしてもらえませんか。

そうそう、さっきも言ったけど、あんまり他人の領域に土足で踏み込まないほうがいいですよ。世の中には、友里さんには想像もつかないダーティーな世界がありますから。

飯田昌枝の話

あなた、わたしのこと、ばかにしてるでしょ。どうしても何も、大学生の女がやるバイトなら、ほかにもっと楽して稼げるものがあるのにって、思ってるでしょ。こんな汚れ仕事じゃなくてって。――いいわよ、きれいごと言わなくたって。なにもかも恵まれているあなたに言われると腹が立つから。それで、用件は何？　早く済ませてもらえるとありがたいんだけど。このあと、バイトの掛け持ちしてるから。

あの旅行に参加しようと思い立った理由？　それがなんなのよ。わざわざそんなこと聞きに来たの。まあいいわ。単純明快、純君が立ち上げた企画だからよ。

ほんとうは浩樹が立てた企画だって？　まあ、そんなところだろうと思ったけど、誰の発案かなんて関係ない。純君が幹事役やって、頭数が足りないって困ってたから参加したわけ。

浩樹がニセ学生だと気づいていたか？　ふん。たぶん、そうだろうなと思ってた。――あんた、ばか？　「そうだろうなと思う」のと、「知ってる」ってのは、まったく意味が違うでしょ。そっちこそニセ学生じゃないの？　なんだか不満そうね。べつに、嫌ならもうやめてもいいけど。

この前みたいに逆上しないのね。ふふ、どこまでもつかしら。

わたしに言わせれば、浩樹とかいう男、怪しいって思わないほうがおかしいと思うけど。

たとえば、サークルの集まりのときに講義の中身の話題になると、そこそこ会話には参加するでしょ。声は控えめだけど発言の内容はびっくりするぐらい明解。一方で、健康診断の日程だとか、ウェブで保護者に成績や出席日数がばれて困った、とかいう話になると、ひとこともしゃべらない。

それに、少し話せばわかるけど、彼は記憶力もいいし、頭の回転も速い、たぶんこのあいだのメンバーの中では、ダントツの切れ者なんじゃないかなと思う。もし、泉ゼミに入りたかったなら、入れたはず。なのに、ほかのゼミも含めて、どこかに入ってる話をしない。就職活動の話題にもまったく参加しない。ほんとにうちの学生なの？　ってふつうは思うでしょ。あの大学、部外者でも受講だけはできるからね。

あとは？——まだ浩樹の話題なの。あの男にご執心かしら。どうでもいいけど。ええ、わたしは生きている気がする。ただ、もうみんなのところには戻ってこないね。理由？　ことばでは説明しづらい。とくに、あなたみたいに、日の当たる場所を歩いてきた人には。

それよりあなた、わたしのこと知らないみたいね。あれこれ嗅ぎ回っているから、てっきり知ってるんだと思った。じゃあ、教えてあげる。わたしの父親は、愛人に貢ぐために公金横領して、それがばれて任意出頭を求められた途端に自殺した、元公務員なのよ。情けない話でしょ。

それだけじゃない。うちだって、母子家庭というだけだったなら、あんなに苦労はしなかったと思う。悲惨なことに、母親が救いがたい正直者でね。なけなしの給料から毎月弁償してたのよ。何って、横領した金を。それで、娘には穴のあいたセーター着せて。ばかでしょ。救いがたいよね。――あなた、《ご自由にどうぞ》って書いてある札の下からパンの耳をもらおうとして、店員に呼び止められて「いつもお見えですが、当店でお買い物をされたお客様だけです」って言われて、元に戻すときの恥ずかしさ、わからないでしょ。そいつを刺して自分も死にたくなる。

わたしはね、あんたみたいに、なに不自由ない生活送ってきたくせに、たいした目的意識もなく〝自分探しのために大学に入ります〟みたいな女を見ると吐き気がする。嫌いなやつを一発だけ殴っていい法律ができたら、迷わずあんたを殴ってやる。――そうよ、旅行のあいだずっとあんたにつらくあたっていたのも、それが理由よ。

わたしは決めたんだ。どんなに苦しくても助けは求めない代わりに、誰のことも救わない。そう決めた。一度規範を作れば、どんな境遇も苦しくない。純君とのことだって決めてある。いくら向こうが無関係を主張したって、過去は消せない。一生へばりついて離れないつもり。ふふふ。

浩樹は人間的には興味深い対象だけど、恋愛の対象にはならない。心の奥に、わたしと同類の痛みを持っている。——証拠なんかない。あの目を見ればわかる。

それでおしまい？

深呼吸なんかして、不愉快そうね？　やっと怒った？　このあいだみたいに叩けばいいじゃない。

あんたのことは虫唾が走るほど嫌いだけど、浩樹のことを調べてるんなら、ひとつだけヒントをあげる。

彼と何度か講堂で一緒になったことがある。このあいだ旅行に行ったメンバーで、真面目に講義を受けてるのはわたしと浩樹ぐらいだからね。それで、一度、席を立ったときに走ってきた学生がぶつかったことがあった。そのとき、浩樹のトートバッグが落ちて中身が少しのぞいた。その中に『エディプスの翼』があった。

もちろんそうよ、泉蓮の著作。知ってると思うけど『エディプスの翼』といえば、著名な犯罪者の父親を持った男子は、父を超えるためによりセンセーショナルな犯罪を犯す傾向にあるか、というテーマよね？

礼なんか言わないでよ。礼なんか言われて腹が立ったから、最後に、わたしがあんたのことを嫌いなもうひとつの、そして決定的な理由を教えてあげる。

これよ、これ見て。——あはは、驚いてる。ざまみろ。

自分こそ、みんなをだましておいて、善人面してんじゃないわよ。

斉藤邦江の話

お粗末さまでした。

いいえいえ、なんだかいろいろ手伝っていただいちゃって、かえって申し訳ありませんでした。

だし巻き玉子、おいしゅうございました。やっぱり、ひとさまに作っていただくと、味は格別ですね。おそうめんも、封が切ってあってどうかと思ったけど、少し古いぐらいのほうがおいしいってほんとなのね。捨てたらもったいないですもんね。

それで、お話の続きは——西崎浩樹という男の子のことでしたね。

ええ、覚えていますよ。あれは、去年のお彼岸も近い時分でしたから九月も半ばは過ぎて、でもまだまだ真夏という感じの暑い日でしたね。ひとりの男の子が英一を訪ねてきました。男の子っていってももう大学生だと聞いてましたけど、それが、浩樹さんです。

わたしもご挨拶(あいさつ)はしました。その前に二度ほど英一あてにお電話をいただいて、とりついでますから、声も知っていました。

優しそうなかたでしたね。賢そうな目をして、物腰の丁寧なかたでした。とても良いお茶と、やっぱり老舗(しにせ)の羊羹(ようかん)を持ってきてくださいました。気のつくかたは、皆さんご趣味が似ていらっしゃいますね。

それはそれとして、英一はよほどでなければ電話に出ませんので、わたしがあいだに入ってとりもったんです。浩樹さんが訪ねてきたのには理由がありました。まあ、これはご本人が言ったことですけども、英一が起こしたちょっとした騒ぎを知って、どうしても会って話したいことができたのだそうです。

その「騒ぎ」というのが起きたのは、去年の八月に入ってすぐの頃でしたでしょうか。東京から車でやってきた学生のグループが、松浦地区に向かっていくところを、英一が見かけたんです。

英一は、もうずっと前から、ちょこちょこと松浦地区を見回っていました。

都会からいらしたかたは、ずいぶん荒れた土地だとお感じになったかもしれませんが、放っておいたらあんなもんじゃありませんね。ひと月ふた月もすれば、草木がぼうぼうに茂ってしまって、人間なんて入れなくなりますよ。

英一がまめに除草したり、育ち過ぎた木の伐採をしたりしてるので、あれで済んでるんです。それ以外にも、橋の手入れをしたり、松浦の家の掃除をしたりしてるようです。

英一は、学生たちがはめをはずして集落を荒らさないだろうかと、心配になったんでしょう。これまでにも、『松浦事件』のことを知って、見物に来ては無人の家を荒らしたりゴミを棄てていく輩がいたからです。

斧ですか、特別それでどうこうするつもりはなかったと思います。

いまも言いましたように、あれだけの土地を管理してますから、斧や電気ノコギリは必要です。でも、電ノコは発電機がないと使えないので、ふだんは車には草刈り鎌や斧を積んでましたね。使いようでは、なんとかいう法律に違反するらしいですけど、木を伐採したり、薪を割ったりするためですから。

くどいようですが、英一にとって斧はお守りみたいなもんなんです。都会で持ち歩いてたら大騒ぎでしょうけど。それに自分で作った革の鞘に入れてますしね。

ええそうですよ。ご存じなかったですか。刃のところは革の鞘にくるまってますから、持ってるぐらいじゃ危なくないですよ。まさか、むき出しでは持ち歩きませんでしょ。

皆さんを襲ったときは刃が出てた？　それはよほど腹に据えかねることがあったんでしょう。

とにかく、去年の場合は、英一が林道を上っていくと、漂ってきた匂いで、バーベキューをはじめたらしいことに気づいたようです。英一は橋に鎖を渡して《立ち入り禁止》の札を掛けているのですが、それは無視されたんでしょうね。

集落に入っていく頃には、ただ単にバーベキューをしているだけじゃないと思ったそうです。案の定、大急ぎで近づいてみれば、ひさしに炎が移ったらしくて、家が燃えはじめていたそうです。しかも、誰ひとりまともに消火しようともしないで、やばいよ、やばいよ、なんて騒ぎながら、おろおろするばかりだったとか。

それがね、聞いてくださいよ。おろおろするだけならまだ可愛げがあるんです。何人かは、写真も撮ってたそうなんですよ。どういう育てられ方をしてきたんでしょうね。

あとで警察にとっちめられたとき、なんて答えたと思いますか。炭の燃えが悪いから、キャンプ用品として売っているなんとかガソリン——ああそうです、そのホワイトガソリンという物をかけたら、炎の勢いが激しくなったんだそうです。学士さんの卵ともあろうものが、なんと愚かなことをするんでしょう。英一が怒るのも無理はありません。

英一は、早く火を消すようにと学生たちを怒鳴りました。このとき、手にしていた斧で脅されたと、学生はあとで主張したらしいです。英一も頭に血が上って斧ぐらい振り回したかもしれません。でも、かすり傷ひとつ負わせてないんですからね。それでも、いっとき双方興奮して危険な雰囲気になったようです。

ちょうどそこへ駐在さんと、英一とは昔から顔見知りの村の男衆が何人か現れて、仲裁に入ってくれました。この仲裁がなかったら、ほんとの暴力沙汰になっていたかもしれません。もちろん、暴力を振るうとしたら学生のほうからですよ。

とにかく、怪我人も出ませんでしたし、「学生のほうが悪いだろう」という声がほとんどでしたので、大きな騒ぎにならずに済みました。学生たちは警察につれて行かれました。村でも噂になるのが嫌だったので、失火ということにして穏便に済ませたようです。

ところが当の学生たちはたいして反省もしていなかったらしく、インターネットだか、なんだかそんなのを使って、自分たちで話を広めたんですよ。

《乙霧村には斧を振り回す怪人がいる》とか、《斧を持った大男を相手に戦った》とか書いたので、東京の学生さんたちのあいだでは、一時期武勇伝のように広まったと、浩樹さんがあきれて説明してました。

そのことと、浩樹さんが訪ねてきたこととの関係ですよね。

浩樹さんは、その学生を脅した男が――英一という名前は表に出なかったですが――二十二年前の事件の生き残りだと気がついたそうなんです。

それで訪ねてきて、英一とふたりでずいぶん話し込んでいました。

ええ、昼少し前におみえだったので――あらやだ、偶然ですね、そのときもお昼にそうめんをお出しして、結局夕飯も食べてお帰りになりましたよ。そのあいだずっと熱心に話し込んでいました。わたしはべつに聞き耳は立てていませんでしたから、話の中身はわかりません。

そのあと、二度ほど手紙が来たようですが、これもわたしは中を読んでないのでわかりません。

今年の四月ごろになって、あれはたしか、山桜の花が散り終わった頃でしたねえ。またひょっこり浩樹さんが来たんです。こんどは英一と直接約束をしたようでした。

このときは、居間でお持たせのお菓子をいただきながら話したので、わたしも聞いていました。どうせあとから説明することになるから、と思ったのかもしれません。

なんていうか、すべてきちんと考えて行動するような利発そうな子でしたね。

話の内容ですか。ええ、少しならいいですよ。

実は、浩樹さんの通う大学でも、あるグループが、「自分たちも乙霧村の事件があった場所を見物に行こう」と旅行計画を立てているというのです。

浩樹さんは「きりがないから、一度、見せしめに懲らしめてやりませんか」と提案しにみえたんです。英一がすぐに答えずにいると浩樹さんは、熱心に説得していきました。

それでも、英一がなかなか首を縦に振らないので、ふたりでどこかへ出かけていきました。わたしはたぶん、松浦地区に行ったんだと思ってます。あそこで、ふたりにしかわからない話をしたんでしょうね。結局英一がああして力を貸したわけですから。

わたしですか？　わたしは正直なところ、懲らしめるなんてことはやめて欲しかったですよ。もう、警察沙汰になるのはこりごりでしたから。

それがまたこんなことになってしまって。やっぱりもっと強く反対しておけばよかったですね。

そのあとは、とくにこれということもなかったですよ。

それから三ヵ月ほど経って、浩樹さんのお話のとおり、学生さんの一行が車でやってきました。ええそうです。あなたさまがたです。

あの日、英一は庭先に立って——ほら、ご覧いただくとわかるでしょ。この家は少し高台にありますから、そこの庭石の上に立つと、駐在所のあたりまで見えるんです。あの日の午後、浩樹さんに到着予定の時刻を聞いていたらしく、英一は三十分以上もじっと石の上で待っていました。

そうこうするうち、英一がようやく石の上から下りてきたので、もう見張るのはやめるのか、とたずねました。英一は、彼らが来たから行ってくる、そう言い残して出ていきました。

——え、そうですか、浩樹さんが運転して、たいして用もないのに駐在所の前に車を停めたんですか。おっしゃるように、英一に知らせるためだったのかもしれないですね。

はい、乗って行ったのは、そこに停めてある、あの軽トラックです。荷台に犬を乗せて。

犬はもういないんです。親戚(しんせき)で犬を飼っている人にあずかってもらったんです。だって、わたしなんかじゃ散歩なんてとてもできないし、へたをしたら、わたしなんて餌と間違えて食べられちゃいますよ。犬の種類はわかりません。

あなた、調べたんですか。ああ、そうですよ。これです。へえ、イングリッシュ・マスティフっていうんですか。なんでこんな大きな犬にしたんだか。もっと小さいのにすればいいのに。餌代だってばかにならないのに。まったく、本人だって大飯食らいなのに。——あらやだ、ごめんなさいね。へんな愚痴聞かせて。英一はいい子ですよ。

それはともかく、あの日、英一が車で出ていって、どのぐらいでしょうか。二十分、いや三十分ほど経ったでしょうかね。雨が降ってきたことに気づきました。そういえば、役場の放送でも激しい夕立が来るから注意するようにと言ってましたっけ。

ええ、少し嫌な感じはしてました。英一はざんざん降りの雨が苦手なんです。もちろん、あの事件の夜を思い出すからです。息苦しいような気分になるんですね。

ただ、英一はいつも軽トラックに、白い雨ガッパを置いていました。出先で急な雨に降られてもいいように。——白いカッパの理由ですか。本人に聞いたことはありませんが、二十二年前の事件のときに、父親の隆敏が着ていたのと似てるんじゃないでしょうか。父親のことが忘れられないというより、自分が代役を果たしているつもりなんでしょうね。この村をよそ者から守る、っていう役の。

え？　仲間だったはずの浩樹さんを、どうして英一は殴りつけたのか。

それはわたしにもわかりません。

何か約束をたがえるようなことでもしたんでしょうか。それは、本人たち以外知るよしもないことです。

そのあとのことはわかりません。

ほんとうです。警察から電話が来るまで、何も知らずにいました。帰りが遅いなとは思っていましたけれども、まさかあんな騒ぎになっているとは。

ほんとに、すみませんでした。なんだか、裁判を起こすとかいう人もいるらしいんですが、この年寄りに免じて許してやってもらえないでしょうか。こんな暮らしをしているので、お金はもうまったくないんです。畑で採れたものを毎年送るようにしますから、哀れと思って、収めてもらえないものでしょうか。

そうですか、あなたさまは裁判は起こさないんですか。ありがとうございます。

このぐらいでよろしいですか。つまらないことを長々話してしまいましたね。お役に立てましたでしょうか。

え？　ああ、民子の旧姓ですね。そりゃ覚えていますよ。だから浩樹という子から連絡が来たとき、すぐにぴんときました。ああ、民子の孫だなって。会ってみて間違いないと思いました。優しそうな顔つきがそっくりだもの。民子はもとは西崎といいました。西崎民子です。

たぶん、浩樹さんのほんとうの名字は違うでしょう。ただ、西崎を名乗ったのは、自分は民子の孫だと、そして稔の忘れ形見だと名乗りたかったんでしょうね。

浩樹さんは、稔がこの村へ舞い戻ってくる前に、どこかで作った子だと思いますよ。もしそうだとすれば、英一の父親とは、殺し合いまでした敵どうしです。それがいまになって打ち解け合うなんてねえ。

不思議なことがあるもんです。

西崎浩樹の話

友里さんの執念と押しの強さには脱帽です。

それにしても、友里さんは優しそうなお顔をしてやることがきついですね。SNSを使ってしきりに《ニシザキタミコさんのお孫さんへ》だとか《エイイチさんを見捨てて、自分だけ身を隠すのですか》なんて書き込まれては、ぼくも無視できませんからね。ほかの人にはなんのことだかわからないでしょうが。

強硬手段に訴える？　ぼくがですか。つまり、あなたを力ずくでどうにかするという意味ですか？　やだな、そんなふうに見えたとしたら残念です。

まあでも、人を見た目や先入観で判断しないほうがいいとは思いますけどね。

ええ、こうしてお目にかかったからには、お話しするつもりです。周囲を見ても、怪しげな目つきの男がこちらを見張っているようすもないし、つまり警察にも通報していないということですよね。その心遣いに感謝して、友里さんには真実をお話しします。

どうしても答えたくないことはノーコメントにしますから、気にせず質問してください。――あ、その前にひとつ教えてください。ぼくがあの騒動の首謀者だと気づいたのはいつですか。斉藤邦江さんの話を聞いてからでしょうか。

――なるほど、頭に斧が刺さっていたドッキリのことを思い出してからですか。たしかにぼくも一緒になって驚いてしまいましたよね。失敗、失敗。あとで純や玲美が、「あの斧は浩樹が用意したんだ」と証言したら一発でばれてしまうことなんですけどね。あのときとっさに心のどこかで、友里さんには純や玲美とグルだとみなして欲しくない、という気持ちが働いたのかもしれません。それにしても、あんな切迫した場面のことをよく覚えていましたね。

では、本題に入りましょうか。ぼくが、いわばマッチポンプの役をした理由と、どこまでが計画でどこからが誤算だったのか、そのあたりを知りたいわけですね。

手順としては、あらかじめメールでいただいたこの質問事項にお答えするという形でよろしいですか。わかりました。何か追加の質問があれば、その都度聞いてください。

まず、自分が戸川稔の子だと知ったのはいつか。

正確に言うと、父親に関する認識には、二段階ありました。最初はそれこそ物心ついた頃に、自分には父親がいないと気づいたことです。それも、ただ〝いない〟のではなく、どうも話題にすることすら禁忌な人物らしい、そう感じていました。親戚づきあいというのはほとんどなかったのですが、たまに家に来る大人たちの会話だとか、ふだんの母親の口ぶりなんかからです。

え、母親の名前ですか？　それは、許してください。

たしかに、母は二年前に亡くなっています。でも、だめです。いくらあなたが他言しないと約束してもです。少ないとはいえ、親戚にも迷惑がかかります。戸籍上は無関係とはいえ、ぼくが戸川稔の実の子であるということを隠すために、母は苦しんでいました。ぼくはその気持ちを裏切るようなことをしてしまった。だから、許されることなら、亡き母を巻き添えにはしたくありません。

はい。ぼくは真相を語るために名乗りでる決意をしました。どんな罪に問われるのか、法律のことは詳しくないのでよくわかりません。仮に警察に身柄を確保され、やがて起訴され、名前や顔、本籍まで公表されるような重い罪に問われたなら、それはしかたありません。

ただ申し上げておきますが、母の姓はたとえば鈴木とか佐藤とか、そういうありふれた名字ですから、それだけで個人を特定するのはむずかしいでしょうね。殺人も犯していないのに、そこまで警察が個人情報をもらすとも思えません。もちろん〝西崎〟ではありませんよ。ご推察どおり、あれは祖母、民子の旧姓を借りただけです。

さて、話を戻します。母から、父親に関する具体的な説明を聞いたことはありません。ただいつも「お父さんは遠いところに行って、もう帰ってくることはない」そう言ってました。

ようやくことばを覚えるかどうかという時期に聞かされたので、そういうものだと思っていました。——そうですね、一度か二度、母が父の外見に触れたことがありました。背が高くて、精悍(せいかん)な顔つきをしていたようです。写真が一枚も残っていないのですが、はじめて英一さんに会ったとき、ぼくが抱いていた父親のイメージにあまりにぴったりなので、驚いた記憶があります。考えてみれば、それほど意外ではないかもしれませんね。本来であれば、父と英一さんは叔父と甥の関係ですから。そう、つまり英一さんとぼくは従兄弟と言うこともできます。

母の捨てきれない思い出の品——ぼくに言わせればがらくたなのですが——をしまっておく箱の中に、乙霧村でオトギリソウが満開になっている写真付きの新聞記事の切り抜きがありました。子どもの頃いたずらをしていてそれを見つけ、オトギリソウという、ちょっと変わった名前が記憶に残りました。

あとになって乙霧村の事件を知って、もう一度この記事を見たのです。殺人事件のドラマを見るのも嫌いな母が、なぜあの惨劇に関心があるのか不思議に思いました。しかも花の記事とはどういう意味でしょうか。切り抜きを隅から隅までチェックして、ついにあることに気づきました。そしてそれが心に引っ掛かって、消せなくなりました。今回の一件は、あのときからはじまったといえるかもしれません。

そうです。なんとその新聞記事の日付は、乙霧村の名を全国に知らしめた、「乙霧村の五人殺し」事件より前のものだったのです。単に、悲しい伝説にちなんだ花と同じ名を持つ、寒村を紹介する記事でした。

つまり母は、ぼくが知っているかぎり行ったこともないはずのあの村に、あの事件の前から関心を持っていたということになります。観光地でもなんでもない過疎地なのに。

母の故郷が乙霧村でないことは知っています。だからぼくは、名も教えてもらえない父との思い出の場所なのではないかと考えたのです。

さらに決定的だったのは、高校一年生のときです。乙霧村について興味を抱いたぼくが、文庫になった『乙霧村の惨劇』を買って読んでいたのですが、あるとき机の上に置いたはずのその本が見当たらないんです。どこをどう捜しても見つからない。母にたずねても、知らないと言います。でも、親子だからわかります。嘘をついてる。嘘をつくのは、世間から身を隠すためだ。身を隠す理由は限られている──。

あれこれ考えた結果、確信を持ちました。自分の父親はあの事件の関係者──おそらく戸川稔であると。

ぼくの年齢についてですが、これも友里さんの推察どおりです。今年の誕生日で二十一歳になります。

いただいたメールのこの部分、ぼくの年齢に関する推理のところは気に入ったのでちょっと読みますね。

《二十二年前に戸川稔が亡くなったので、それより上ということはないと思います。また、そのときすでに浩樹さんが生まれていたとすれば、入籍するしないはべつにしても、その赤ん坊のためにもあんな無茶はしなかったのではないか。つまり事件当時浩樹さんはお母さんのお腹にいて、しかも戸川はそのことに気づいていなかったのではないか》

お察しのとおり、逆算すると乙霧村事件のとき、母は妊娠三ヵ月でした。

この聡明な友里さんという女性と、もう一度お話ししてみたいと思った理由のひとつでもあります。いえいえ、お世辞ではありません。


次に、立明大学にニセ学生として現れた理由ですね。

ええ、大学には進学しませんでしたから、どこの学生でもありません。

立明大学を選んだのは、もちろん『乙霧村の惨劇』を書いた泉蓮が教授を務めているからです。極悪非道の殺人鬼として父を描いた作家に興味を抱くのは、ごく自然な感情ではありませんか？

いえ、はじめから泉先生の名誉を貶めようとか、まして直接的な危害を加えようなどとは思っていませんでした。これは誓ってほんとうです。

ご存じのとおり、あの大学はおおらかな校風なので、わりと簡単に入り込めました。そうしてはじめは泉教授の講義を受け、しだいにサークルにまで顔を出すようになりました。さすがにゼミにまで潜り込むのは、ちょっと無理でしたね。

そうするうちに、あることに気づいたのです。学生たちの人間性です。

でも、そのことはちょっとおいて、先に『乙霧村の惨劇』の描写に触れます。

あの中で泉先生は戸川稔のことを、《恵まれない生い立ちが生んだ悲劇か》と、一見擁護とも取れる記述をされていますが、一方で〝悪意の表象〟〝憎悪の具現化〟と評定しています。つまり、生い立ちに同情の余地はあるが、悪魔は悪魔、という結論です。

あなたには申し訳ないですが、ぼくはこの点に疑問を抱いていました。そんな簡単に、類型的に片づけてしまっていいのだろうかと。ただこれは、戸川稔が父だと確信してからのことですから、身びいきと言われても否定はできません。

また、単純に「父は悪者じゃない」と主張するつもりもありませんでした。知りたかったのは、真実です。ほんとうに一方的な逆恨みと虐殺であったのか。別な側面はなかったのか。ずっとそれが気になっていました。でも、誰かに取材できるわけでもないし、それに二十年以上も前の顚末なんかいまさら探り出せるはずもありません。

心が乱れるだけなので、こんな不毛なことはやめようかと思ったときに母が亡くなりました。簡単に身の回りの始末をして上京し、いくつかアルバイトを掛け持ちしながらニセ学生として潜り込むようになった、というわけです。

少し観察するうちに、泉教授よりも、そのゼミ生といいサークルのメンバーといい、あの連中は大学生とは名ばかりのとんでもないやつらだと気づいたんです。腐ってる。

あ、いま小さくうなずきましたね。思い当たることがあるようですね。

一度は消えかけた、誰にぶつけていいのかわからない炎がまた燃えはじめたんです。

母もそうだったと思いますし、ぼく自身も、歴史に残る犯罪者の息子であるという事実に気がついてから、苦しんできました。でも、戸川稔が殺人鬼であるような印象を流布させたのは、泉蓮の著作であると言っても言い過ぎではないと考えます。

もう少し、穏に寄り添った記述になっていれば、また世間の印象も違ったのではないでしょうか。もっといえば、どんな凄惨な事件でもいずれ風化していきます。それが、ときどきマスコミに登場する著名人の代表作ということで、事件のことをよく知りもしない連中でも『乙霧村』という名だけは知っている。

一冊の本の怖さを知ると同時に、悔しくも思っていました。

大学生の本分を忘れて、いっぱしの大人気取りで悪いことをする学生たち。法に触れるかどうかということより、人としてあるべき姿ではないですよね。

さらには、そんなことに気づきもせず、というより見ようともせず、机上の論理をひけらかす売れっ子のノンフィクション作家。彼らに、冷たい水で顔を洗ってもらおうという気持ちが抑えきれなくなりました。

さて、具体的にどうしようかと考えて、『ヴェリテ』では取材のまねごとをする企画旅行が実施されるのを知り、これを利用しようと思いつきました。つまり、まさにあの事件の舞台である乙霧村に、とくに素行の悪い学生を何人か連れ出し、ここで死ぬほど怖い目に遭わせる。対世間的には、ばか騒ぎであることを広め、学生たちと監督者である泉教授を貶める。一石二鳥です。

人畜無害を装ってそっと近づき、小悪党のくせに口が軽い彼らから互いの秘密を聞き出し、これをネタに多少ゆさぶりも入れて旅行に誘いました。お互いに嫌い合っている部分をついて、誘ったわけです。昌枝は、放っておいてもついてきたでしょうが。

　彼らは「浩樹なんて眼中になかった」というように答えたのではありませんか？　まあ、ぎりぎりのプライドでしょうね。でも、実際にひとりひとり口説いたのはぼくです。

　多少の手管も使いましたが、一番の殺し文句は「あなただけ来ないと、ほかの連中が何を企むか、わかったものじゃない」でしたね。それに、純と玲美はよほど哲夫が嫌いなのか、例のドッキリの斧の企画だけでも乗り気でしたし、哲夫は哲夫で、この旅行でぼくが何か企んでいるとうすうす感づいて、あわよくば一枚嚙もうとでも思ったんじゃないですか。

　純に車を出させた理由はご想像のとおり、レンタカーだと身元が判明する恐れがあったからです。もし車を出してくれるなら、事前の準備はするし、ずっと運転を受け持つという条件を出したら、純のやつ即オーケーしましたよ。旅行当日の朝もあいつは家にいればいいわけですから。

　どうしてもメンバー内で車の手配ができないときは、別な学校にも知人がいるので、そいつに金を払って借りる手を考えていました。あれより、だいぶグレードが落ちますけど。

　さて、そうやって乙霧村に連れてきても、ぼくひとりで脅かすのはむずかしそうです。

　それで、思いきった手を使うことにしました。犠牲になった家族の唯一の生き残りである英一さんに助けを求めることにしたんです。英一さんが遠戚の老夫婦に引き取られたことはもう調べてありました。その裏付けと、ふだんどんな暮らしをしているのか、それを調べようと思いました。

あの村の人たち、とくに年寄り連中は排他的で、よそ者にあまり心を許しません。でも、これはほとんど唯一の長所かもしれませんが、ぼくはどうも善人に見えるらしいんです。だから、英一さんに関することは、わりと簡単に聞き出すことができました。

少しよけいなことまで耳に入りました。たとえば、英一さんにはかなり資産が入ったらしいとか。でも大人になってからは、老夫婦は英一さんを使用人のようにこき使い、買い与えた車はポンコツの軽トラック、飯のおかずも畑で採れたものばかり。肉だとか魚だとかは、ほんとにちょっとだとか。

英一さんの唯一の趣味であり友人でもあるあの犬についても、「あんな図体ばっかりでっかい無駄飯食い」とこぼしているそうです。非常に賢い犬なんですけどね。

そういえば、友里さんのメールには犬のことも触れてありましたね。《浩樹さんの姿がないのに、マスティフが吠(ほ)えなかったのはなぜか。もし、自分と英一が退去する前に、浩樹さんがあの橋を通ったなら吠えたはずだ。英一が犬を連れて去るまでどこかに隠れていたのなら、そのあとに誰かに川に突き落とされたか、みずから姿を隠したことになる。——つまり、浩樹さんは以前から犬と顔見知りだったのではないか》と。

素晴らしいです。あの夜、すぐに気づいたんですか？　あとから考えたのですか。なるほど。

話を戻しますが、英一さんにとって、いわば〝慰霊の地〟である松浦地区に、学生たちがまたしても悪ふざけしに来る。だから、懲らしめてやってくれないか。簡単にいえば、そんなふうに持ちかけました。

根気よく説得すると英一さんは協力してくれることになりました。

そして、〝突然現れた謎の大男〟の凶暴性をいきなり見せつけるため、真っ先にぼくの頭を殴ってもらうことになっていました。ええ、あれは予定の行動です。実は、殴られたときにかぶっていたヤンキースのキャップの中に、自分で仕込んだプラスチック製の保護材が入っていたんです。

ああ、やはり友里さんは、ぼくが持ち去ったことに気づいていましたか。キャップを残していっては、保護材が入っているのがばれてしまいます。だから覚醒したときに、持っていきました。でもキャップがなくなっていることに気づいたのは、友里さんぐらいじゃないでしょうか。

そのあとは、打ち合わせどおり、英一さんが皆を脅しました。それこそ、死ぬほどビビらせるために。ぼくとしては警察沙汰にしたかった。少しぐらい怪我人が出て欲しかった。

《立明大学の学生、ばか騒ぎの果てに乱闘事件》とかって、世間に知れ渡らせるために。

え、それだけかって？　さあ、どうでしょうね。

さて、次の質問は、英一さんを説得した具体的な内容についてということですね。ぼくの父が英一さん一家に危害を加えた、それは事実です。しかし、ぼくの父も英一さんの父親に殺されたのです。緊急避難だとか正当防衛という概念もあるでしょう。しかし、どんな極悪犯であれ、斧で頭を割られて殺されてもかまわない、という理屈があるでしょうか。

隆敏氏が優秀な警察官であったというなら、致命傷を負わせずに決着をつけることを考えるべきではなかったか。この結末は、言ってみれば〝おあいこ〟ではないのか。

そのことを、駆け引きの材料として英一さんに話すと、英一さんはずいぶん長い時間黙考したあとで驚くべきことを教えてくれました。

友里さん、ぼくはさっき、この先を話すべきかどうか、今日お会いするまでずっと迷っていました。しかしここまできたのですから、話してしまいましょう。

驚かないでください。

父は——戸川稔は、松浦家の五人全員を殺したわけではなかったのです。

あ、そう興奮しないでください、いまから順に話します。すべて、小学六年生だった英一さんが見て聞いて覚えていたことです。一度話せばわかりますが、英一さんはとても記憶力の優れたかたです。

二十二年前、大型台風が日本列島に上陸して記録的な大雨になったのですが、英一さんの耳には、あの夕刻の激しい雨音がいまでもはっきりと残っているそうです。

その雨が降りだす直前に、松浦家を、ぼくの父である稔が訪ねてきて、貴一郎と口論になったところまではあの本にあったとおりです。

しかし、貴一郎の妻の菊代は、実は稔の肩を持ったのです。というよりも、夫の貴一郎に反感、いや憎しみすら抱いていました。

かつて、貴一郎が戸川夫婦、そして遺児である稔に対してした仕打ちは、いくら古い気質の人間といったって、あまりに非道です。

菊代という妻がありながら、娘のような歳の民子を、手籠め同然に我がものにし、子を産ませ、そのことを偽装するためにほかの男と結婚させ、しかも結婚後も寝取っていた。そのうえ、亭主が怪我をすれば放り出し、両親が死んでも稔を引き取るでもない。あまりといえばあまりです。

菊代にしてみれば、人間として許せないという思いと、妻である自分の存在をどう思っているのかという怒りを抱いて当然です。

ただ、昔ながらの「妻は夫に口ごたえできない」という関係の夫婦であったようですし、何より酒癖が悪く、怒りだすと手のつけられない貴一郎でしたから、それまで面と向かって非難できずにいたのでしょう。

それが、当の稔が現れたので、一緒になって貴一郎を責めたのです。

さらに、これは英一さんの意見でもあり、ぼくも同意見なのですが、稔が現れるタイミングがあまりに唐突です。何かの事情で稔の居所を知った菊代が、呼び寄せたのではないかと思うのです。

その理由のひとつが、前後の話を併せて考えると、貴一郎は酒の飲み過ぎや過去にとらわれていただけでなく、この頃は病理的な理由から常軌を逸しはじめていたようなのです。

だから菊代が稔に対して「恨みがあるなら、貴一郎が正気のうちに晴らしに来たらい い」と連絡したという考えも、飛躍し過ぎではないと思います。それどころか、稔を利用して、自分の溜まった憤慨もぶつける気だったのではないかとすら勘ぐれます。

少なくとも、英一さんはそう考えているようです。あの場にいた少年の直感です。

ただ、ぼくは、菊代はもう少し違った形での対面を考えていたのではないかと思うんです。

話し合いです。理詰めで貴一郎を責め、これまで溜まっていた鬱憤を晴らすつもりだったのではないでしょうか。ところが、男がふたりとも激昂しやすい性格だったために、菊代が考えていたよりも深刻な展開になってしまいました。また、隆敏一家が急に里帰りしてきたのも計算外だったでしょう。

酒が入っていた貴一郎は、稔が現れたというだけで頭に血が上り、すぐに手のつけられない状態になったのです。うしろめたいところを突かれると人は逆上するものです。

あるいは、稔の登場が越えてはならない垣を越えさせたのかもしれません。

しかし一方で、貴一郎は興奮しながらも、これは菊代の手引きだなと気づいたようです。菊代がなじるような発言をしたのかもしれません。

貴一郎がまず菊代を殴りつけました。すぐに稔が割って入ってもみあいになります。

そこへ騒ぎを聞きつけた聡子――つまり料理の支度中であった英一の母親です――が、包丁を手にして現れました。このことがその後の展開を決定づけました。

「きさまら、みんなグルか」

貴一郎はそう叫ぶと聡子の手から包丁を奪い、酔っ払いとは思えない素早さで聡子の首を切り、その血しぶきでさらに逆上し、菊代の心臓をひと突きし、金切り声をあげている孫の綾乃の腹まで刺したのです。

一瞬のことでした。

もう一度言います。聡子、菊代、綾乃の順に三人を襲ったのは、貴一郎なのです。

信じられませんか？　いまさら立証はできないかもしれません。でも、英一さんが見ていたんです。話のつじつまも合います。

英一さんの姉である綾乃は、腹を刺されましたが即死ではなかった。英一さんをかばい、最後の力を振り絞って縁側から庭に出て、納屋まで逃げたのです。あるいは、逆に英一さんが手を引いたのかもしれません。あの人は自分の気持ちについては多くを語りませんので、推測です。

あまりの展開に、さすがの稔も一瞬ひるんだかもしれません。しかしすぐに我に返り、胸のあたりに手傷を負いながらも貴一郎が振り回している包丁を奪い、貴一郎を刺したのでしょう。これは英一さんは見ていませんが、状況から判断されます。いずれにせよ、貴一郎は即死でした。

白いカッパを着た隆敏が戻ってきたのは、まさにこのタイミングだったのです。泉の著作では、稔はまるでとどめを刺すために逃げた姉弟を追いかけたように描かれていますが、事実は違います。姉の綾乃が大怪我をしているのを見て、保護しようとしたのです。はい、ほんとうです。

目の前の惨状に驚いた隆敏は有無を言わせず、稔に飛びかかったでしょう。そうしてもみあううち、稔は隆敏のことも刺してしまいました。

稔がふたりの逃げたあとを追っていくと、隣の納屋に隠れているのを発見しました。綾乃は激しい出血のために、そこで力尽きて、ほとんど虫の息だったそうです。稔が介抱しようと近づいたとき、隠れていた英一が、そこにあった鎌を力任せに払いました。日ごろ使う鎌で、研いであったんでしょうね。刃の先が稔の腹に突き刺さりました。このときの英一さんにとっては、自分の両親以外の大人はすべて敵に見えたことでしょう。

腹に鎌が刺さっても稔には致命傷ではなかったようで、苦痛に顔を歪めながらも英一さんに言ったそうです。

「心配しなくていい。おまえたちにはなにもしない。救急車を呼んでくれ」と。

そこへ、まだ息のあった隆敏が追ってきて、腹から鎌を抜こうと前かがみになった稔の頭に、どこかに置いてあった薪割り用の斧を振り下ろしてとどめを刺し、隆敏もやがて力尽きたのです。

あとにはひとり、英一さんだけが残りました。

まだ小学校六年生の男の子が見た光景を、ことばで説明することはできますが、その心に何があったのか、想像すらできません。


いま、〝とどめ〟と言いましたが、英一さんの話によると、稔は即死ではなかったそうです。頭を割られ、地面を這いずり回りながらも、ある人の名を呼んでいたそうです。そうです、ぼくの母の名です。それが正確であることからも、英一さんの記憶のたしかさは証明されます。

すぐには信じがたいかもしれませんが、これが実際に起きた一部始終です。

つまり、稔は貴一郎と隆敏しか殺していない。それも、自分から積極的にではない。騒ぎをここまで大きくし、菊代、聡子、綾乃を手にかけたのは、貴一郎だったのです。

世間に出回っている筋書きは——そう、泉蓮が書いた本も含めて——警察とまわりの大人が作ったシナリオですよ。「こうだったんだろう」と言われ、あの悲劇で虚脱状態の英一さんはうなずいてしまっていた。家族全員があっというまに、目の前で亡くなってしまったんです。こまかい筋の違いなどどうでもいい。やがて月日が経ち、広まっている話は事実と違うと思うようになっても、いまさら覆す気持ちも機会もなかった。

さて次の質問は、英一さんがいまも黙秘を貫いている理由に心当たりはあるか、ですね。これは、その次の、仲間のはずなのにどうして英一さんはあんなに強くぼくを殴ったのか、という質問と一緒に答えます。

だいぶショックだったようですね――。

黙秘している理由は、おそらくぼくをかばっているのです。

さきほども言いましたが、ぼくは見た目で誤解されやすいのです。それも、いいほうに。でも、友里さんが見ぬいたようにお人よしでも善人でもありません。

あの旅行を企画した目的のことは話しましたね。あれに嘘はありません。しかし、予定の日が近づくと、ぼくの中に棲む、何かよくない存在がささやきだしたのです。

「誰かひとりぐらい事故死しても、社会的になんの損失にもならないではないか」

どうです。魅惑的でしょう？

そう考えはじめると、ぼくはそわそわと落ちつかない気持ちになりました。

もちろん、みんなには計画どおりに怖がってもらいます。しかし、悪ふざけの途中で不慮の事故が起こらないと断言できるでしょうか。

ええ、そうです、あえて死に至らしめるのです。計画しだいでは、事故に見せかけた完全犯罪も可能ではないか。そんな考えが頭に浮かんで、消せなくなりました。

あの特殊な環境で逃げまどううち、誰かひとりぐらい、井戸に落ちたり、崖を登ろうとして落下したり、川で溺れたり、そんな事故が起こらないとは言いきれません。世間をにぎわすなら、死人が出たほうが断然効果的です。

そこで旅行の数日前、英一さんには内緒で松浦地区を訪れたのです。

荒れた納屋の人目につかない場所に、凶器になりそうな金づちや特殊警棒をいくつか隠しておいたんですよ。そいつで殴って井戸に落とすか、崖から落ちたように見せかけるためです。もちろん、ちょっと見には見つからないように。

ところが、結果から言うと隠しておいた凶器は、すべて英一さんに見つかってしまったのです。

友里さんからいただいたメールの中に《どこの納屋も物置の中もごちゃごちゃになっていたことが気になっていた》《そして、ちらかっているのに、武器になりそうなものは何もなかった》とありますが、これも鋭い着眼点ですね。

あれは英一さんがしたのです。ぼくらの想像以上に、英一さんは集落を注意深く見回っていたようです。おそらくふとしたきっかけで、自分が置いた覚えのない金づちや警棒を見つけたんでしょう。これは何か意図があると気づいて、そこらじゅうひっくりかえして探した結果があれです。ぼくも、当日まで気づきませんでした。

当日、現地についてすぐ、納屋の中を徹底的に探した形跡に気づいて、ぼくは計画を半ばあきらめました。それに、友里さんが納屋をのぞいて首をかしげているので、もしかすると感づかれるかもしれないと、心配になってあわてて声をかけたんです。驚かせてしまったみたいでしたが。

　英一さんは、凶器になりそうな物を見つけ、何に使うつもりだったのか、うすうすは感づいていたかもしれません。しかし決定的だったのは、ドッキリに使った斧ですね。あれを見て、はじめてぼくのほんとうの目的に気づいたのだと思います。

　つまり、英一さんを逆上させ、本気で襲わせ、パニックに陥った学生をぼくが殺めるという計画であることを。もしかすると、ぼくが戸川稔の息子であるという呪縛に苦しんでいることさえも。

　英一さんにそこまで読まれていると気づいていなかったぼくは、英一さんに本気で怒ってもらうためには、あの斧のドッキリは不可欠だと考えました。ただ、あそこで、玲美にあんな恰好をしてもらうには理由づけが必要です。

　だから、純と玲美をグルにして、あの悪趣味な小道具を使って哲夫を脅かすというシナリオはそのまま続行することにしました。

　当日、ぼくの狙いに気づいた英一さんは、思わず強く殴ったのです。

　英一さんがぼくを殴った金属の警棒も、ぼくが納屋に隠しておいた物です。

　もちろん、英一さんはまだまだ本気ではなかったでしょう。

　彼に本気で殴られたら、あの程度では済まなかったと思います。ただ、予想していたのよりはかなり強かった。保護材を入れていたのに、ほんとうにしばらく失神してしまいましたから。あの中に、英一さんのぼくに対する怒りの部分が込められていたのでしょう。

ぼくはほんの十分ほどで気がつきました。ぼくのほうも英一さんにばれたことを悟って、こんどこそ、学生を死なせる計画をあきらめました。

でも、ぼくの暴挙を止めた一方で、ばかな若者どもを――ぼくも含めてかもしれませんが――懲らしめたい英一さんの気持ちは、かえって強くなったようです。いままで積み重なってきた、自分の中に秘めてきた、あらゆることへの鬱憤が爆発して、あの長い騒動になったのかもしれません。これはほんとに偶然ですが、急に降りはじめた雨も、影響したことは間違いないですね。

おかげで、死人は出ませんでしたが、ぼくの目的はほぼ遂げられました。

次に、警察に真実を語るつもりはあるか、ですね。

ええ、そのつもりです。ぼくのしたことがどんな罪になるのか、それはわかりません。しかし、近々出頭して真相を話すつもりです。このままでは、英一さんは裁判にかけられます。おそらくひとことも弁解せず、ぜんぶ英一さんが罪をかぶるでしょう。

しかし、ぼくが一時の錯乱ともいえる状態から道を踏み外さずに済んだのは、英一さんのおかげなのです。

そう思いながらも、騒動のあとに身を隠していたのは、やはり母のことを思ったからです。もちろん、ずっと葛藤はしていました。こんな身勝手でいいのかと。これではあの学生たちを蔑むことはできないだろうと。毎晩眠れませんでした。だから、友里さんの《エイイチさんを見捨てて、自分だけ身を隠すのですか》というメッセージを見たとき、ふんぎりがつきました。感謝しています。ありがとうございました。


英一さんが、大人になっても真相を養父母に語らなかった理由ですか。

これは想像するしかないですね。あくまでぼくの意見ですが、心を開くような愛情を受けなかったのではないでしょうか。誰って、もちろん邦江さんたち養父母に。

友里さんも養母の邦江さんとはお話しされたのですよね。一見ふつうのかたですが、一方で何ごとも損得勘定に置き換える、愚痴の多いかただとは感じませんでしたか。さっきもちょっと触れましたが、ご近所であまり好意的でない評判も聞きました。

還暦になって、のんびり老後を過ごそうと思っていたら、夫の遠戚の、それも小憎らしい貴一郎の孫なんか引き取ることになって、なんてついていないんだ。

そう愚痴をこぼしていたそうです。英一さんにくっついて少なくない遺産が入ってきたはずなんですが、そのことについては、これっぽっちも語らないみたいですけどね。

英一さんは引き取られた先で、養母にあまり可愛がられることなく、心を開くことがなかったのではないでしょうか。

いよいよ最後の質問ですね。あなたをどうにかするつもりだったか。

今回の計画で最大の誤算は、友里さんの参加でした。

できることなら、メンバーからはずれて欲しかった。しかし、もっとも除外する工作がむずかしい人だった。この意味、わかりますよね。だとすればこれも何かの巡り合わせだろうと、ご同行いただいたわけです。

ただ、いわば部外者である友里さんから見ると「この軽薄そうなメンバーが、乙霧村などに関心があるのはなぜ?」と思うのではないかと考えました。打ち合わせのときにも、ものごとを本質的に見ようとするかただと気づいたからです。

だから、ロケの話なんかをでっちあげました。多少はカモフラージュになりましたよね。

考えてみれば、悪ふざけご一行様のなかに友里さんの名があるのは、むしろ好都合だったわけです。人間性のバランス、という意味において。

友里さんご自身にはまったく恨みはありません。むしろ、せっかく楽しみにされていた旅行を台無しにしてしまって、申し訳なく思っています。

無事に卒業できそうなことをおっしゃってましたし、こんどはご夫婦でのんびり訪れてみてはいかがですか。

――あ、ちょっと待ってください。せっかくご夫婦の話題になったんですから、やっぱり本当のことをお教えしましょう。

先ほど「誰かひとりぐらい事故死しても」と言いましたが、旅行直前までそれを誰にするか決めていませんでした。どいつもこいつも生きている価値なんてないやつばかりで、一人に決めかねていたんです。

でもね、ふっと思ったんです。これは天が与えてくれたチャンスだと。あの事件の真実を捻じ曲げて世に広め、名声と金儲けの種にして顧みようともしない、うぬぼれ屋の泉蓮に思い知らせるまたとない機会だと。

残念ながら、果たせませんでしたけどね。英一さんが本当に逆上して予定が狂い、その興奮が冷めたあとは、ずっと友里さんに付き添っていたので手を出せませんでした。

今日だって、本当はぼくがお願いした公園で会うはずでしたよね。あそこは、都心にあるのに周囲から死角になる場所がけっこうあるんです。たとえば、物騒だったころのセントラル・パークみたいに。植栽の茂みなんかも、事前に下見してありました。

今日は残念ながら雨が降ったので、予定を変えてこうしてホテルのラウンジで会うことになってしまいましたけど。

やっぱり、あなたは運のいいかただ。

泉蓮の話

友里さん、今回のことでは、たくさんの借りを作ってしまったね。

今日だって、あまり気が進まないと言っていたのに、一人じゃつまらないからって、無理に頼んで同行させてしまった。

それはそうと、友里さんが泉教授の妻であるという噂は、あんなことがあったにもかかわらず、ほとんど広まっていないようだね。例のツアーの諸君も、今のところ口をつぐんでくれているようだし。せっかくここまで表に出さずにやってきたのだから、このまま卒業を迎えられるよう願っている。

念願の学生生活もそろそろ残り少ないが、四年間、楽しめたかい。

いやいや、感謝なんて無用だよ。コネでもなんでもなく、きちんと試験を受けて入学したんだ。成績だって立派なものだ。企業から推薦の依頼が来たら、真っ先に推したいくらいだよ。——ただし、妻が聞いている前で講義をするというのは、少々やりづらかったけどね。

これはぼくの経験則だけど、過去になんらかの事情で進学をあきらめて、中年になってから再チャレンジする人の意識の高さは特筆すべきものがある。春秋に富む若者に見習って欲しいと思うよ。

それこそ五十の手習い——あ、失敬、友里さんはまだ誕生日前だから、ぎりぎり四十代だったね。たしか持論では、四十九歳までが、〝アラフォー〟だったかな。
まあ冗談はともかく、大学というところは必ずしも〝みんなが勉学に励んでいる場所〟とはいえない。しかも、あなたの聞き取り調査によれば、あの騒動の一因はそのあたりにもあるらしいしね。

それにしても、あなたのたどりついた結論は興味深かった。ぼくの書いたものが、そんなふうに影響を与えていたとは、意外だし、ある面では心が痛む。——いや、逆恨みとばかり言い切れるだろうか。

ノンフィクション作家というのは、ときに他人の悲劇に素材を求めるわけだから、襟を正さないといけないとは思っているんだ。しかし、目の前の事件にのめり込むと、具象のことにばかり傾注してしまい、関係者の気持ちといった部分がおろそかになる。これは大きな課題だ。認識を新たにさせられた事件だったよ。

うん、マスコミがコメントを求めてきてるね。いまのところ、すべて断っている。しかし、いずれ声明文でも出さなければならないかもしれない。こんど草案を書いたら目を通してみてくれないか。

さっきも言ったけれど、ほかの学生や特にゼミ生たちに、あなたの正体——というのは大げさかな——ほんとうの姓が泉だということを、これまで気づかれずに過ごせたのは幸運だった。

まあ、隠すほどのことでもないのだろうが、教授の妻が学生にまじっているといらぬ中傷を受ける。とくにいまはあっというまにネットで広がるしね。そのあたり、大学側も理解してくれて、友里さんは四年間旧姓で通すことができてよかった。

それにいまは、オープンカレッジや生涯学習企画のおかげで、年配者もちらほら見かけるからね。違和感は——あ、失礼。年配者ではなかった。アラフォーだった。

そうか見抜いた学生もいたのか。飯田昌枝？　ははあ、思い出した。いつも一番前の席に座って、熱心にノートをとってる子だ。いまどき、希少価値だよ。あの子は気づいていたのか。

え、あの子はぼくに好意を持っているだろうって。まさか、やめてくれよ。ぼくは今年で五十五歳だ。それこそ親子ほど離れている。

そうだね、愛情というより独占欲と言い換えるなら、まだ考えられなくもない。ぼくに限らず、作品が好きなのか作者が好きなのか、混同してしまう例はよくあるらしい。好きになると徹底的に好きになって、作家のプライベートなことまで調べたりするものもいるらしい。

写真に撮られた？　友里さんが家から出るところを盗み撮りしていたって？

——つまり、ぼくのあとをつけたってことだね。そしたら家の中からあなたが出てきたので、あわてて写真に撮ったということか。困ったものだな。そして少し怖いな。あなたの正体に気づいたあとも、誰にも言わず、自分だけの胸に秘めていたこともね。

とにかく、今回のことでは大きな怪我をした人や、まして死人が出なくてよかった。浩樹君という人物も名乗り出ると約束したんだろう？

英一君の有罪は避けられないところかもしれないが、ぼくなりに協力はしよう。浩樹君さっきの話と矛盾するのだけれど、裁判の流れ次第では、ぼくの妻がメンバーの中にいたということを、公表すべきでないかと思っている。そうか、賛成してくれるか。

浩樹君に名乗り出ることを求めたなら、みずからも律しないとね。

ぼくも証人として出廷を求められたら受けるつもりだ。情状酌量になるよう力になりたい。民事のほうも、なるべく穏便に済まないか、知人の弁護士に相談してみよう。

それから、奇譚書房の山下君から連絡があって、『乙霧村の惨劇』が増刷になるそうだ。しかし、正直なところあまり素直に喜べない気持ちだ。大幅に改訂した版を出そうかと本気で考えている。

それどころか、もし浩樹君のいうことがほんとうなら、『真・乙霧村の惨劇』ともいうべき新しく書き直したものを出すべきではないかと悩んでいる。

むずかしい問題だよ。真相を知ったからには語らねばならないという使命感にも似た気持ちと、もうかれらは充分好奇の目にさらされてきた、これ以上はそっとしておいてやりたいという気持ちもある。真実は、英一君と浩樹君の胸に生きていればいいとね。

まあ、急ぐことはない。こんど時間を作って、ぜひともかれらに会ってみたいと思っている。作家であると同時に、ひとりの人間として、かれらの歩んだ、想像を絶する人生に真摯（しんし）に耳を傾けたい。

それに——。これはぼくの勘だけど、きみは浩樹君のことで、まだ何かぼくに話していないことがあるんじゃないかな。なんだかそんな気がする。

話しているうちに、そろそろ近づいたようだね。見覚えがあると思うが、あの橋を渡ればもう乙霧村だ。オトギリソウの花は、さすがにもう散っただろうね。

お世話になった駐在さんはまだいるだろうか。最初にきみの顔を見て「あれ」という表情を浮かべたのは、大人がひとりつきそっているんだな、と思ったからだろう。その期待を裏切ってしまったと気にしていたね。直接会って、お礼とお詫（わ）びが伝えられればいいのだけれど。

さて、久しぶりに長距離運転をしたので、ぼくも少し疲れた。

そろそろ木の葉が色づきだしているね。松浦地区あたりは熊が出るかもしれない。愛用の小さな鈴は持ってきたかい。

おや？　噂をすれば影というけれど、あそこに立っているのは、当の浩樹くんじゃないか。

＊＊＊

泉蓮、つまり夫とこの村を再訪のため出発する今日の未明、またあの夢を見た。そしてとうとう、夢の最後に喉から飛び出てくるものの正体がわかった。

あの夜、英一が泥の中から拾ってわたしに返した、熊よけの鈴だった。なんとなく不吉な感じがして、今回は家に置いてきた。

浩樹の姿を見た瞬間、持っていないはずのその鈴が「ちりん」と小さく鳴った。

本書は、二〇一七年一〇月に双葉社より刊行された文庫に加筆修正したものです。

乙霧村の七人〈新装改訂版〉

伊岡 瞬

令和7年 1月25日　初版発行

発行者●山下直久

発行●株式会社KADOKAWA
〒102-8177　東京都千代田区富士見2-13-3
電話　0570-002-301(ナビダイヤル)

角川文庫 24493

印刷所●株式会社暁印刷
製本所●本間製本株式会社

表紙画●和田三造

ISBN 978-4-04-115497-7　C0193

角川文庫発刊に際して

角川源義

第二次世界大戦の敗北は、軍事力の敗北であった以上に、私たちの若い文化力の敗退であった。私たちの文化が戦争に対して如何に無力であり、単なるあだ花に過ぎなかったかを、私たちは身を以て体験し痛感した。西洋近代文化の摂取にとって、明治以後八十年の歳月は決して短かすぎたとは言えない。にもかかわらず、近代文化の伝統を確立し、自由な批判と柔軟な良識に富む文化層として自らを形成することに私たちは失敗して来た。そしてこれは、各層への文化の普及滲透を任務とする出版人の責任でもあった。

一九四五年以来、私たちは再び振出しに戻り、第一歩から踏み出すことを余儀なくされた。これは大きな不幸ではあるが、反面、これまでの混沌・未熟・歪曲の中にあった我が国の文化に秩序と確たる基礎を齎らすためには絶好の機会でもある。角川書店は、このような祖国の文化的危機にあたり、微力をも顧みず再建の礎石たるべき抱負と決意とをもって出発したが、ここに創立以来の念願を果すべく角川文庫を発刊する。これまで刊行されたあらゆる全集叢書文庫類の長所と短所とを検討し、古今東西の不朽の典籍を、良心的編集のもとに、廉価に、そして書架にふさわしい美本として、多くのひとびとに提供しようとする。しかし私たちは徒らに百科全書的な知識のジレッタントを作ることを目的とせず、あくまで祖国の文化に秩序と再建への道を示し、この文庫を角川書店の栄ある事業として、今後永久に継続発展せしめ、学芸と教養との殿堂として大成せんことを期したい。多くの読書子の愛情ある忠言と支持とによって、この希望と抱負とを完遂せしめられんことを願う。

一九四九年五月三日

角川文庫ベストセラー

いつか、虹の向こうへ　伊岡　瞬

尾木遼平、46歳、元刑事。職も家族も失った彼に残されたのは、3人の居候との奇妙な同居生活だけだ。家出中の少女と出会ったことがきっかけで、殺人事件に巻き込まれ……第25回横溝正史ミステリ大賞受賞作。

145gの孤独　伊岡　瞬

プロ野球投手の倉沢は、試合中の死球事故が原因で現役を引退した。その後彼が始めた仕事「付き添い屋」には、奇妙な依頼客が次々と訪れて……情感豊かな筆致で綴り上げた、ハートウォーミング・ミステリ。

瑠璃の雫　伊岡　瞬

深い喪失感を抱える少女・美緒。謎めいた過去を持つ老人・丈太郎。世代を超えた二人は互いに何かを見いだそうとした……家族とは何か。赦しとは何か。感涙必至のミステリ巨編。

教室に雨は降らない　伊岡　瞬

森島巧は小学校で臨時教師として働き始めた23歳だ。音大を卒業するも、流されるように教員の道に進んでしまう。腰掛け気分で働いていたが、学校で起こる様々な問題に巻き込まれ……傑作青春ミステリ。

代償　伊岡　瞬

不幸な境遇のため、遠縁の達也と暮らすことになった圭輔。新たな友人・寿人に安らぎを得たものの、魔の手は容赦なく圭輔を追いつめた。長じて弁護士となった圭輔に、収監された達也から弁護依頼が舞い込む。